D1985413

Michael Köhlmeier

Das Philosophenschiff

Roman | Hanser

Das Motto auf S. 5 stammt aus dem Gedicht »Kubla Khan« von Samuel Taylor Coleridge, die Zitate auf S. 69 und S. 194 jeweils aus Nikolai Stepanowitsch Gumiljows »Der Sturm« in der Übersetzung von Jan Kuhlbrodt, und aus Jack Londons *Ruf der Wildnis*, übersetzt von Werner Beyer, Insel Verlag, 1997,
© Aufbau Verlage GmbH & Co. KG, Berlin 1968, 2008.

3. Auflage 2024

ISBN 978-3-446-27942-1
© 2024 Carl Hanser Verlag GmbH & Co. KG, München
Umschlag: Peter-Andreas Hassiepen, München
Motiv: Eugen Bracht © akg images
Satz: Greiner & Reichel, Köln
Druck und Bindung: GGP Media GmbH, Pößneck
Printed in Germany

FSC
www.fsc.org
MIX
Papier | Fördert gute Waldnutzung
FSC® C014496

In Xanadu did Kubla Khan
A stately pleasure-dome decree:
Where Alph, the sacred river, ran
Through caverns measureless to man
Down to a sunless sea.

SAMUEL TAYLOR COLERIDGE

Erstes Kapitel

Frau Professor Anouk Perleman-Jacob lernte ich an ihrem hundertsten Geburtstag kennen. Der Österreichische Ingenieur- und Architekten-Verein lud zu einem Abendessen ihr zu Ehren ins Palais Eschenbach im 1. Wiener Gemeindebezirk. Das war im Mai 2008.

Meine Einladung verdankte ich ihrem »ausdrücklichen Wunsch«. Ich möge die Geschichte von Dädalus erzählen; die habe sie im Radio gehört und wolle sie noch einmal hören, weil darin Dinge vorkämen, von denen sie nichts gewusst habe und von denen auch sonst niemand etwas wisse – sie habe bei ihren Freunden nachgefragt –, zum Beispiel, dass Dädalus ursprünglich Bildhauer, später Architekt und dann erst Erfinder gewesen sei. Das alles hatte mir der Präsident des Vereins, Herr Dr. Mahler, am Telefon mitgeteilt. Er klang, als wäre ihm die Sache unverständlich und unangenehm, und würde es nach ihm gehen, wäre keine Einladung an mich ausgesprochen worden. Seine Stimme war eintönig wie die eines Butlers, der vorsorglich jeden ihm unbekannten Besuch als verdächtig einstuft und verächtlich behandelt. Ich gab ihm recht – im Stillen –, auch mir war die Sache peinlich, denn gerade diese Geschichte hatte ich frei erfunden, hatte aber in meiner Radiosendung so getan, als wäre sie überlieferter Mythos.

Ich erzählte sie an diesem Abend dann doch nicht. Niemand forderte mich dazu auf. Ich war erleichtert, zugleich auch ärgerlich, ich war immerhin sieben Stunden mit dem Zug gefahren und würde noch einmal sieben Stunden zurückfahren. Ich wollte mich bei Gelegenheit davonschleichen. Vor dem Dessert kam ein junger Mann an meinen Tisch – ich war an den äußersten Rand des Saals platziert worden – und sagte, Frau Professor Perleman-Jacob wünsche, dass ich mich zu ihr setze.

Sie hörte nicht mehr gut und konnte nur noch schlecht sehen. Mit den anderen an ihrem Tisch sprach sie überlaut, mit fester, beinahe jugendlicher Stimme. Da waren neben dem Präsidenten des Vereins die Ministerin für Unterricht, Kunst und Kultur, der Wiener Bürgermeister, der Leiter der Kulturabteilung der Stadt, der Vizekanzler der Republik und der russische Botschafter, dazu Gatte und Gattinnen, und dann noch eine Amerikanerin, eine – wie sie mir vorgestellt wurde – Freundin und Kollegin der Geehrten, die immer wieder nach ihrer Hand griff und sie drückte. Die Amerikanerin war es auch, die sich bei mir dafür entschuldigte, dass meine Erzählung aus dem Programm gestrichen worden war, eine Stimme wie ein Mann. Die Gefeierte höre inzwischen so schlecht, dass mein Auftritt nicht die gebührende Wirkung erfahren würde.

Frau Perleman-Jacob bat den Vizekanzler, der neben ihr saß, mir seinen Platz zu überlassen. Ich solle ihr »mein Ohr leihen«, damit meinte sie – sie winkte mich mit ihrem Zeigefinger zu sich –, ich solle mich zu ihr beugen. Es war mehr als merkwürdig: Flüsternd in strengem Ton befahl sie mir, amüsiert dreinzuschauen, auf jeden Fall nicht ernst, aber auch nicht allzu interessiert. Am besten, ich tue, als ob sie mir ein

Kompliment zuflüstere, etwas Harmloseres gebe es in ihrem Alter nicht. Sie erwarte mich morgen Nachmittag um drei in ihrem Haus in Hietzing. Dann lachte sie spitz auf – ich lachte ebenfalls, als hätte sie mir, der ich halb so alt war wie sie, tatsächlich ein Kompliment gemacht – und raunte mir ihre Adresse zu.

Ich war nur für dieses Abendessen von Vorarlberg nach Wien gefahren. Frau Perleman-Jacob war eine zu bekannte Persönlichkeit, um abzulehnen, eine der bedeutendsten europäischen Architektinnen des 20. Jahrhunderts. Berühmtheit erlangt hatte sie, als sie in den Fünfzigerjahren in Frankfurt, Brüssel und in den Siebzigerjahren auch in Amerika Siedlungen für Arbeiter geplant und gebaut hatte, die – ich zitiere aus der Einladung des Österreichischen Ingenieur- und Architekten-Vereins – »Schönheit und Funktion in unvergleichlicher Weise miteinander verbinden und dabei so kostengünstig waren, dass die Arbeiterfamilien es sich leisten konnten, sie eines Tages zu besitzen, weil Frau Professor Perleman-Jacob zugleich ein System errechnet hatte, das erlaubte, dass Mietzahlungen nach einigen Jahren in Vorauszahlungen auf Eigentum umgewandelt werden konnten«. Ein Freund, auch er Architekt, dem ich von der Einladung erzählte, hatte ausgerufen: »Was, die lebt noch?« Und hatte gleich gefragt: »Was hast du getan, dass sie dich bei ihrem Geburtstag bei sich haben will?« Darauf konnte ich ihm keine Antwort geben, die mir selbst triftig geklungen hätte.

Ich möchte zu Beginn meines Berichts ein paar Daten nennen: Anouk Perleman-Jacob wurde 1908 in Sankt Petersburg in Russland geboren und lebte dort bis zu ihrem vierzehnten Lebensjahr. Ihre Mutter, Maria Perleman, war Ornithologin und arbeitete als Assistentin von Sergei Buturlin, dem über Russland hinaus bekannten Wissenschaftler. Der Vater, Michail Jacob, war bis zur Ausreise der Familie Professor an der Universität Sankt Petersburg, als junger Mann hatte er zu der Gruppe von Architekten gehört, unter deren Leitung die berühmte Große Choral-Synagoge geplant und gebaut worden war. Mutter und Vater genossen in intellektuellen Kreisen der Stadt großes Ansehen, beide sympathisierten lange mit den Bolschewiki. Vor allem, weil sie anprangerten, wie unter dem Zaren die Juden behandelt wurden. Nach dem Tod ihrer Eltern – sie waren im Exil in Berlin 1931 gemeinsam aus dem Leben geschieden – nahm Anouk den Namen sowohl ihres Vaters als auch den Geburtsnamen ihrer Mutter an. Auch um, wie sie sich ausdrückte, ein Zeichen des Protests zu setzen gegen die Tradition, die Kinder immer und allein nach dem Vater zu benennen. – Das war übrigens das Erste, was sie mir erzählte, da hatte ich noch gar nicht ihr gegenüber Platz genommen.

»Mein Ehemann ist vor dreißig Jahren gestorben. Wir waren zwanzig Jahre verheiratet. Es hat ihn nicht gestört, dass ich ohne seinen Namen neben ihm existierte. Ebenso wenig, wie es mich gestört hat, dass er hieß, wie er eben hieß. Wir hatten nicht viel gemeinsam, zu wenig, um einen gemeinsamen Namen zu rechtfertigen.«

Wir saßen im Wohnzimmer einer sachlich eingerichteten Villa – bei einem meiner späteren Besuche führte mich Frau Perleman-Jacob durch das Haus –, wir tranken Bier, und sie rauchte. Sie habe vor drei Jahren wieder damit angefangen und hoffe nun, die Zigaretten brächten sie schneller hin zum Tod.

Und dann teilte sie mir den wenig schmeichelhaften Grund mit, warum sie gerade mich »ausgesucht« habe.

»Ich habe mich über Sie erkundigt. Sie haben einen guten Ruf als Schriftsteller, aber auch einen etwas windigen. Ich weiß, dass Sie Dinge erfinden und dann behaupten, sie seien wahr. Jeder wisse das, hat man mir gesagt, aber immer wieder gelinge es Ihnen, Ihre Leser und Zuhörer hinters Licht zu führen. Deshalb glaube man Ihnen oftmals nicht, wenn Sie die Wahrheit schreiben, und glaube Ihnen, wenn Sie schummeln. Das habe ich mir sagen lassen. Stimmt das?«

Und kam, ohne meine Antwort abzuwarten, zu ihrer Sache: »Sie sollen nicht meine Biografie schreiben, die ist bereits geschrieben worden. Zwei sogar. Eine auf Deutsch, eine auf Russisch. Beide nicht besonders. Das jedenfalls meint Alice Winegard. Ich habe weder die eine noch die andere gelesen. Alice haben Sie kennengelernt, sie saß bei uns am Tisch. Ist Ihnen aufgefallen, dass sie keine Augenbrauen hat? Wie das Looshaus am Michaelerplatz. Sie arbeitet zusammen mit einer Kollegin an der dritten Biografie, die soll aber eine Monografie werden, eine Werkschau. Das heißt, Alice selbst schreibt nicht, sie gibt lediglich Auskunft, sie weiß alles über meine Arbeit. Aber nicht alles über mich. Was niemand weiß, das sollen Sie schreiben, ein Schriftsteller, dem man nicht glaubt, was er schreibt.« – Das aber sei nicht ihr Problem, sondern meines. – »Gesagt werden soll es. Und wenn es keiner glaubt, umso besser. Aber erzählt werden soll es.«

Ich fragte nicht weiter. Ich dachte, wenn ich frage, mildere ich meinen schlechten Ruf. Ich wolle darüber nachdenken.

»Bitte«, sagte sie, »denken Sie nicht zu lange darüber nach. Die Zigaretten wirken bereits.«

Ich telefonierte mit meiner Frau. Monika war empört. Alter schütze offenbar nicht vor unzumutbarem Verhalten. Ob wir wenigstens über Geld gesprochen hätten. Hatten wir nicht.

»Also sag ab! Oder sag erst gar nicht ab. Tu einfach nichts. Komm heim.«

Das nahm ich mir auch vor. Aber am nächsten Tag drückte ich wieder auf den Klingelknopf an der Haustür der Villa in Hietzing. In meiner Tasche hatte ich eine Schachtel Marlboro und mein Handy als Aufnahmegerät.

ZWEITES KAPITEL

»Was ich Ihnen erzählen möchte, geschah im Jahr 1922. Ich war vierzehn Jahre alt und hatte bereits einen Busen. Meine Mutter sorgte sich, dass er sehr groß werden könnte. Weil er schon so früh anfing. Er ist dann ja auch groß geworden. So ganz nebenbei ist das nicht. Denn die Damen zu der Zeit, als ich endlich selbst eine war, bevorzugten einen kleinen Busen oder gar keinen. Am besten gar keinen. Pech gehabt. Sonst war ich noch ein Kind. Sogar mehr ein Kind als die anderen Mädchen in meinem Alter, die noch keinen Busen hatten. Außerdem störte er beim Turnen, und ich war eine gute Turnerin und tat es gern.

Wir lebten damals bereits in unserer neuen Wohnung. Aus der alten waren wir ausquartiert worden. Das war wegen des allgemeinen Elends in Sankt Petersburg. Große Wohnungen wurden in Lazarette umgewandelt. Oder kaputt geschlagen. Oder angezündet. Es war Bürgerkrieg. Und ein Bürgerkrieg ist immer auch ein Krieg der Armen und Ungebildeten, der Dummen und Bösartigen gegen die Intelligenzija. Zur Intelligenzija gehörte, wer nicht schwitzte, nicht stank und seine Arbeit im Sitzen tat. Das traf auf meine Eltern zu. Seit zwei Jahren wohnten wir in der neuen Wohnung. Ich muss sagen, mir gefiel sie besser als die alte. Aus verschiedenen Gründen.

Erstens war sie für ein verschmustes Ding, wie ich damals noch eines war, gemütlicher, und leichter zu heizen war sie auch, in der alten hatte ich immer gefroren, sogar im Sommer. Wenn man im Korridor gesprochen hat, hallte es, das mochte ich nicht. Mir war, als redete jemand anders und nicht ich. Hauptsächlich aber gefiel mir die neue Wohnung besser, weil rundherum viel los war, draußen auf den Straßen und Gassen und auch im Haus selbst. Unter uns waren nämlich ein Kino und ein Gasthaus. Ein übles Gasthaus. Wahrscheinlich auch ein übles Kino. Ich weiß gar nicht, ob es in dem Gasthaus etwas anderes zu trinken gab als Wodka. Zu essen, das weiß ich bestimmt, weil ich doch hie und da nach unten schlich und bettelte, gab es in Essigwasser eingelegte harte Eier und Brot mit Öl oder Schmalz, selten mit Butter, und wenn, dann war sie ranzig. Manchmal Heringe.

Wenn man von der Straße hereinkam, war zuerst ein Vorraum, von wo es geradewegs weiterging in das Gasthaus. Rechts davon war der Eingang zum Kino mit dem winzigen Schlupf, in dem eine Dame saß und die Karten ausgab. Dame, weil sie geschminkt war. Enge, hohe kirschrote Lippen, geformt wie ein Bogen der Reiter des Dschingis Khan. Da qualmte es heraus aus dem Schlupf, als säße sie in einem Backofen. Das war sie mit ihrer Papirossa. Daneben führte die Stiege hinauf zu unserer Wohnung und zu den anderen Wohnungen. Vier oder fünf Stockwerke. Ich sehe das Haus vor mir, als stünde es immer noch, eine Straße weit von hier, und ich wäre erst gestern dort gewesen. Halblinks ging es durch eine Balkentür in den Hof zum Waschhaus. Balkentür sage ich, weil wir so gesagt haben. Sie war tatsächlich aus dicken

Balken zusammengenagelt, senkrechte Balken, waagrecht darüber genagelte starke Bohlen. Man brauchte Kraft, um die Tür auf- und zuzuziehen. Sie hätten darauf schießen können, die Kugeln wären stecken geblieben. Besitzen Sie eine Waffe? Hemingway soll gesagt haben, für einen Schriftsteller sei ein Revolver ebenso wichtig wie eine Schreibmaschine. Ich habe später Wohnungstüren aus massivem, dickem Holz geplant und auch eingesetzt. Die waren beliebt. Der Mensch hat gern das Gefühl, sein Haus sei eine Burg, auch seine Wohnung sei eine Burg. Sogar sein Auto sei eine Burg. Wenn man sich als Architekt nach den Empfindungen der Kunden richtet, dann fällt das genauso unter die Kategorie funktionell, wie wenn man der sogenannten Logik des Materials folgt. Misst sich Funktionalität nur an der Sache, was hätte sie dann für einen Sinn? Man dürfte nur Garagen aufstellen. Und wer nur der Logik des Geldes folgt, der sollte besser Portmonees nähen als Häuser bauen.

Im Vorraum roch es nach Folgendem: erstens nach Pisse, Ammoniak. Gleich links neben dem Eingang war nämlich der Abort. Die Tür ausgehängt, die war im Winter verheizt worden. Die Balkentür war verschont worden, sonst hätte man den Winter im Haus gehabt. Für das große Geschäft war einfach ein Loch im Boden, irgendwohin wird es schon abgeronnen sein, über das musste man sich hocken, Kleider über den Hintern ziehen, fertig, das ging. Davor hing eine Wolldecke, die hätten Sie nicht angreifen wollen, nein, das hätten Sie nicht wollen. Für das kleine Geschäft der Männer war rechts eine Blechwand. Zweimal am Tag kam eine Frau und hat einen Kübel heißes Wasser an die Blechwand geschüttet und einen in das Loch im Boden. Das war also Geruch Numero eins. Zweitens roch es nach Tabakrauch und Schnaps und Rotwein, und Männerachselschweiß, diese vier Gerüche fasse ich zusammen in einen, den Gasthaus- und Kinogeruch. Drittens aber, und erst dieser Geruch rundet das Ganze ab, drittens roch es nach dem Wachs, mit dem die Stiege hinauf zu unserer Wohnung eingelassen war, und dieses Wachs, das roch wirklich gut, sehr gut, nach Honig, ein Duft nahezu. Mindestens einmal in der Woche wurde die Stiege gewachst und geplättet, dunkelbraun rötliches Holz, ich denke, alte Buche.

Meine Mutter hatte sich immer ein zweites Kind gewünscht. Mein Vater nicht. Ich hätte auch gern eine Schwester oder einen Bruder gehabt, lieber eine Schwester. Eine jüngere Schwester, die zu mir aufblickt und der ich helfen kann im Leben irgendwann einmal, dass sie vorbeikommt und wir gemeinsam weinen, was bekanntlich guttut. Aber ich gebe ihm recht, meinem Vater. Schon damals habe ich ihm recht gegeben. Das hat ja der Unbarmherzigste unter den Unbarmherzigen eingesehen, dass man in dieser Stadt zu dieser Zeit keine Kinder kriegen soll. Dass man damit warten soll. Es konnte ja nur aufwärtsgehen. Die Revolution ist schließlich gemacht worden, damit es aufwärtsgeht. Es galt als ein Quasinaturgesetz, dass, wenn es aufwärtsgehen soll, es zunächst abwärtsgehen muss, aber eben nur vorübergehend. Um Anlauf zu nehmen, sozusagen. Revolution ist Anlauf. Wenn man schließlich ein bisschen höher oben angekommen sein würde, könnte man sich das Kinderkriegen überlegen. Aber jetzt nicht. Das war der Tenor meines Vaters. Es wurde aber nicht besser, und niemand kam höher an. Es ging nicht aufwärts. Und sogar für ein verschmustes Ding, wie ich eines war, wurde es bald zu eng in unserer neuen Wohnung. Weil Kamenew der Meinung war, es wäre da noch Platz für eine zweite Familie. Oder Sinowjew. Woher sollte ich das wissen. Oder gleich Trotzki. Ich kannte ihre Namen, aber die kannte jeder in der Stadt. Gesehen habe ich nicht einen von ihnen. Und auch nicht gehört. Vor dem Trotzki haben sich alle gefürchtet, noch mehr als vor dem Lenin. Lenin denkt, Trotzki tut. So hat es geheißen. Gelobt hat den Trotzki jeder, aber gefürchtet auch. Weil er sich konzentrieren konnte. Es ist einer kein geistvoller Mann, nur weil er viele Ideen hat, wie auch der kein guter General ist, nur weil er viele Soldaten hat. Es braucht dazu noch Konzentration. Dass Trotzki Jude war wie wir, das hat uns beruhigt. Nicht sehr beruhigt, aber ein wenig doch. Wir dachten, wenn es ernst wird, erkennt er seine Leute. Obwohl: Sinowjew war auch Jude, Apfelbaum soll er in Wahrheit geheißen haben, und der war der Meinung, zehn Prozent der hundert Millionen Russen müssten vernichtet werden, das sind zehn Millionen, Maden, die am Allgemeinwohl fressen, wie er sich ausdrückte. Da wären sicher auch Juden dabei gewesen. Ob er die geschont hätte? Darauf konnte man sich nicht verlassen. Er selber auch nicht, er konnte sich auch auf nichts verlassen. Als ihn Stalins Schergen in die Mangel nahmen, soll er, bevor sie ihm die Seele aus dem Leib prügelten, den Schma Jisrael angestimmt haben. Er hat angeklopft bei seinem alten Gott. Geholfen hat er ihm nicht.

Eine gewisse Zeit, ein paar Monate, wohnte also eine zweite Familie bei uns. Gut erinnere ich mich nicht. Ich erinnere mich, dass überall Wolldecken hingen, zur Abgrenzung, auch ein Mantel mit einem sehr breiten Kragen, zum Fürchten, in der Nacht sah das aus, als hätte sich jemand erhängt. An irgendwelche Konflikte erinnere ich mich nicht. Wir hatten nicht viel miteinander zu tun. Sogar in dieser Enge konnten wir uns aus dem Weg gehen. Sie waren misstrauisch, wir waren es auch. Wenn ich sage, es war eine Familie, dann stimmt das wahrscheinlich gar nicht. Kinder waren nämlich keine dabei. Ich habe mich nach Gleichaltrigen gesehnt. Ich hätte mich gern verliebt. Einmal war ich es gewesen. Aber das war so hurtig und traurig abgelaufen, dass ich es gar nicht richtig mitgekriegt habe. Mein Gott, mit zehn! Ich wusste, ich bin keine Schönheit und werde wohl nie eine werden, aber verliebt hätte ich mich doch gern noch einmal. Ich stellte mir vor, wenn man verliebt ist, schüttet man sich gegenseitig das Herz aus. Und jetzt können Sie sehen, was ich für ein dummes Ding war: Ich wünschte mir tatsächlich Sorgen! Dass, wenn ich verliebt wäre, ich sie ausschütten könnte. Ich kam mir dumm vor, weil ich keine richtigen Sorgen hatte. Das muss man sich einmal vorstellen! Die größte Sorge war, dass ich nicht hübsch bin. Aber genau diese Sorge kann man nicht mitteilen, wenn man verliebt ist. Dann hätte man sich gleich ein Schild an den Hut heften können: In die da auf keinen Fall sich verlieben!

Ich glaube, es waren ein Ehepaar und ein Schwager oder Cousin, keine Familie also. Ich hoffte, sie würden eines Tages Besuch bekommen und ein Bursch wäre dabei, ein bisschen älter als ich am besten und ebenfalls nicht besonders hübsch. Vor dem Einschlafen dachte ich mir aus, er wäre einer mit Sorgen und wir würden uns aneinanderlehnen.

Unsere alte Wohnung dagegen war die Wohnung eines Universitätsprofessors und einer Wissenschaftlerin gewesen, das heißt eine Wohnung angesehener Leute, die über ihr Ansehen hinaus auch noch Geld hatten. Sie lag nicht weit von unserer neuen Wohnung entfernt. Nicht weit vom Newski-Prospekt. Dort, wo sich in Sankt Petersburg alles abspielte zu jener Zeit, die großen Ereignisse. Dort hatten sich immer alle großen Ereignisse abgespielt. Das Haus lag in einer Seitenstraße, die Wohnung aber war in der Beletage. Woran ich mich sehr gut erinnere, ist das Stiegenhaus, in dem würden heute Kongresse abgehalten, so vornehm, so weit, Theateraufführungen, auf den Stufen Pölster für die Zuschauer, Marmor und Messing und Kronleuchter, grüner Marmor, zu sechst nebeneinander konnte man über die Stiege hinaufgehen und musste sich nicht quetschen. Meine Mutter hatte auch verdient, natürlich als Assistentin lange nicht so viel wie der Herr Professor, dafür konnte sie mit einer zünftigen Erbschaft aufwarten. Und angesehen war sie auch. In der Fachwelt auf jeden Fall. Aber auch bei den anderen Fakultäten der Universität. Immerhin hatte sie in ihrer Jugend die Rosenmöwe entdeckt, die in den Polargebieten heimisch ist, über sie hatte sie ihre Dissertation geschrieben. War auf Expedition gewesen in Nordnorwegen. Von der Erbschaft war nach dem Krieg und der Revolution und dem Bürgerkrieg nicht ein Blättchen übrig geblieben. Die Rosenmöwen hätte man eventuell essen können, aber die waren schwer zu erwischen. Das war jetzt ein Witz. Ich nehme an, das haben Sie kapiert.

Ich komme immer wieder mit dem Zählen durcheinander, aber wenn ich mich nicht irre, hatte unsere alte Wohnung acht Zimmer. Acht Zimmer für zweieinhalb Menschen! Da sind aber die Abstellräume und die Kabinette, das Badezimmer und die Küche nicht mitgerechnet, auch nicht das Zimmer für das Dienstmädchen, so eines hatten wir nämlich, ein Zimmer und ein dazu passendes Mädchen. Den Namen habe ich vergessen. Oder nie gewusst. Ich erinnere mich auch nicht, wie sie aussah. Oder wie alt sie war. Kann ja auch eine ältere Frau gewesen sein. Man hätte trotzdem Mädchen gesagt. Und eine Putzfrau dreimal in der Woche hatten wir auch. Ich kann mich nur an ihren Hintern erinnern. Beim Putzen beugt man sich nach vorne, und ich war nicht viel höher als ihr Hintern. Das soll Sie aber nicht dazu verleiten zu glauben, ich sei eingebildet und hoffärtig gewesen, ein arrogantes Bürgertöchterchen. War ich nicht. Ich erinnere mich einfach nicht mehr. Ich erinnere mich auch nicht mehr daran, wie mein Vater ausgesehen hat. Der eigene Vater! Kein Bild! Außer abstrakte Daten. Groß. Dunkel. Leise. Alt. Das ist es aber auch schon. Mehr kommt zu diesem Thema nicht aus meinem Hirn heraus. Was aus seiner Tochter geworden ist, hat er nicht mehr mitgekriegt. Er: Architekt und Professor für Architektur, ich: Architektin und eine berühmte dazu. Ob er stolz auf mich gewesen wäre? Nein, diese Frage habe ich mir nie gestellt. Reporter stellen solche Fragen. Und dann unsere Bibliothek. Ich denke, sie ist verheizt worden. Interessanterweise erinnere ich mich sehr gut an manche Gespräche, die mein Vater und meine Mutter geführt haben. An manchen Wortlaut genau, meistens völlig unwichtige Dinge. Das Gedächtnis ist ein ineffektives Gerät, wenn ich mich einmal so ausdrücken darf.

In Sankt Petersburg lebten nach der Revolution und dem Krieg weniger Menschen als zuvor, also Platz wäre genug da gewesen. Ich habe später gelesen, dass nur noch ein Drittel der Einwohner übrig geblieben war. Da bin ich erschrocken. Noch nach so vielen Jahren bin ich erschrocken. Weil ich gedacht habe, das kann doch nicht sein, dass die alle erschossen worden sind. Sind sie nicht, sind sie schon, aber nicht alle, viele sind aus Sankt Petersburg hinaus, die neue Hauptstadt war Moskau. Oder sind verhungert. Trotzdem sollte eine Zweieinhalbmenschenfamilie nicht in so einer großen Wohnung leben dürfen. Auch wenn überall Platz genug war. Ich nehme an, das hat der Sowjet von Petrograd so beschlossen. Also haben wir uns eine neue Wohnung gesucht. Meine Mutter hat den Umzug organisiert. Mein Vater war nicht in der Lage dazu. Obwohl man es falscher kaum ausdrücken kann. Er hat nämlich die ganze Zeit nur gelegen. Auf dem Kanapee. Auf dem Kanapee mit der hohen Lehne links und dem groben Blumenmuster, die Blumen waren mit vernähten Goldfäden umrahmt, manchmal habe ich einen herausgezupft, das war dann auch schon egal. Depression würde man heute sagen. Ein großer, dunkler, leiser, depressiver, alter Vater, der wie später seine Tochter zu viel geraucht hat. Meine Mutter dagegen hatte einen Nacken wie ein Raubtier. Und zwar ein Raubtier knapp vor dem Absprung. So ist sie durch die Wohnung marschiert, durch die große Wohnung, von einem Zimmer ins andere. Jemand, der meine Mutter nicht kannte, hätte sich darüber erschrecken können. Was hat sie vor? Was tut sie gleich? Sie richtete unser Leben neu ein. Einer musste es ja tun. Komm endlich zu Willen, sagte sie zu meinem

Vater. So drückte sie sich aus. Komm endlich zu Willen! Auf Deutsch sagte sie es. Das heißt doch: Nicht die Kraft fehlt ihm, der Wille fehlt ihm. Das geht doch! Wenn man keine Kraft hat, kann man nichts machen, da trifft einen keine Schuld. Aber einfach wollen, das kann man doch! Komm endlich zu Willen! Jawohl!

Ich erinnere mich an das Tanzen im Park. Diese Erinnerung macht mich fast so glücklich wie die Erinnerung an den Gestank unter unserer neuen Wohnung. Tanzen im Park! Wenn man nichts hat, hat man wenigstens noch das Freie und die Luft im Freien. Also sind alle ins Freie. Sogar im Winter. Schöner war natürlich der Sommer. Sogar in der bittersten Zeit haben wir Aprikosenlimonade getrunken. Da gab es Holzwägen, dort schenkte man aus. Für die kleinste Münze ein aus Papier gedrehtes Becherchen. Gerade ein Schluck. Hat geschmeckt wie Haarwasser. Köstlich. So fingen die schönen Nachmittage im Freien an. Im Sommergarten und an der Fontanka. Dort unten standen oder saßen Musikanten, Akkordeon oder zwei Geiger oder Balalaikaspieler und Trommler, Tamburinspielerinnen, Sänger. Gerade so weit auseinander spielten sie, dass einer dem anderen nicht dreinspielte. Ich stellte mich gern genau zwischen zwei Musiken. Manchmal war ein kleiner Chor zu hören. Eher selten. Wie soll man zu einem Chor tanzen? Chöre sind zum Weinen da. Mein Vater lag zu Hause, und ich begleitete meine Mutter in den Sommergarten. Alle Menschen waren dünn wie Zweige. Und alle haben aus dem Mund gerochen. An den Hungermundgeruch hatten wir uns alle gewöhnt. Auch an die verschwitzten Haare. Ein Mann hatte verschwitzte Haare zu haben. Das war so. Wer nicht, war ein

Faulpelz. Man kann die Zeiten nach den Mundgerüchen unterscheiden. Wir alle hätten lieber gegessen als getanzt. Aber besser nichts essen und tanzen als nichts essen und nicht tanzen. Obwohl der Mensch nach dem Tanzen bekanntlich mehr Hunger hat, als wenn er nicht getanzt hätte. Gegen Hunger hilft, sich nicht bewegen. Drum hat mein Vater nie Hunger gehabt. Meine Mutter war jetzt wirklich nicht das schönste Exemplar unter der Sonne, aber temperamentvoll war sie. Ich habe mitbekommen, dass sie zu den Frauen gehörte, die oft aufgefordert wurden. Ich glaube, keine andere wurde öfter aufgefordert. Obwohl es einige Schöne gab. Alleinstehende Schöne. In normalen Zeiten muss eine Schöne nicht allein zum Tanze gehen. Da stehen zehn vor ihrer Tür und warten darauf, sie auszuführen. Die nicht normalen Zeiten haben eben auch ihre Vorteile. Vornehme Zurückhaltung hat man damals nicht beobachten können. Wie beim Essen, so beim Tanzen. Meine Mutter hat mir alle Vögel erklärt, die auf den Bäumen herumhüpften, und während sie mit der ausgestreckten Hand sehr unpräzise zum Himmel hinaufzeigte, hat sie mit den Augen die Kandidaten geprüft. Ich sage dazu: mit den Augen abgegriffen. Wenn sie sich einen ausgesucht hat, hat sie mich stehenlassen und ist auf ihn zu. Wie ein Jaguar. Ein Nacken wie ein Raubtier, ich sagte es bereits. Ein bisschen einen krummen Rücken. Absprungbereit. Dabei wollte sie nur tanzen. Nichts Erotisches. Und lachen wollte sie auch. Man tanzte, um zu lachen. Aber das ist ja bereits Erotik. Was meinen Sie? Erotik in den Zeiten der Not, das ist ein eigenes Kapitel! Ich tanzte auch. Lieber aber saß ich irgendwo und schrieb in mein Tagebuch. Ein Drehbleistift war mein Schatz. Ich drückte nur sehr zart auf, damit die Mine lange hält. Viel später, als wir in Berlin waren, habe ich zurücklesen wollen und konnte nicht oder nur schwer entziffern, was ich geschrieben hatte. Weil alles so blass war. Gezeichnet habe ich. Zeichnungen nicht von Menschen. Menschen haben mich nicht sonderlich interessiert, als Motiv. Ihre Geschichten interessierten mich. Wie sie leben. Das ist immer noch so. Das war so und ist so. Aber wenn man einen Menschen zeichnet oder fotografiert, was ist er dann? Ein Schriftsteller, wie Sie einer sind, der muss jetzt sagen, bei einem guten Bild kann sich der Betrachter die Geschichte dieses Menschen ausdenken. Ein Bild ist gerade so gut, wie es Geschichten aufrufen kann im Betrachter. Das müssen Sie als Schriftsteller sagen. Sie leben ja von der Einbildungskraft. Ich halte wenig davon. Was haben die Geschichten, die Sie sich ausdenken, mit dem Menschen auf dem Bild zu tun? Rein gar nichts. Mit Ihnen haben sie etwas zu tun, sonst mit niemandem. Wenn ich eine Mauer abzeichne oder ein Haus, dann hat die Mauer oder das Haus keine Geschichte. Die sind, was sie sind. Wenn einer sagt, das Haus da hat eine Geschichte, dann meint er, die Leute, die in dem Haus wohnen oder gewohnt haben, haben oder hatten eine Geschichte. Aber die Leute sind nicht auf dem Bild. Sie sind tot. Das Haus ist, was es ist. Die Mauer ist, was sie ist. Die Brücke ist, was sie ist.

Da hat man einen ganzen Nachmittag lang getanzt, jeder mit jedem, Männer mit Männern, Frauen mit Frauen, Frauen mit Männern sowieso, aber auch Kinder mit Männern und Kinder mit Frauen und Buben mit Mädchen, alle Kombinationen. Sogar einen Hund habe ich gesehen, der hat mit seinem

Frauchen getanzt. Das war die Sensation! Auf den Hinterbeinen. Sie hielt seine Vorderpfoten in ihren Händen. Grazil. Der Hund konnte gar nicht genug kriegen. Drei Geiger standen um das Paar herum und Zuschauer. Die Zuschauer haben den Rhythmus geklatscht, und der Hund hat gelacht. Ja, hat er. Das weiß man, dass Hunde lachen können. Das war Glück, das war Glück, das war eindeutig Glück! Da sieht man das alles einen Nachmittag lang und riecht und hört und tanzt und ist fröhlich und grinst noch auf dem Heimweg in sich hinein, und dabei steigt man über tote Menschen. Es ist, als ob sich die Füße automatisch über einen Brustkorb oder einen Bauch oder einen Kopf oder einen toten Hintern heben. Die Füße melden nicht ins Hirn hinauf, worüber sie steigen. Sie sagen nur, wir steigen über etwas drüber, kümmere dich nicht. Die sind ja ohnehin tot. Die gehören nicht mehr zu uns. Soll ich sie auf den Friedhof schleppen und begraben? Kann ich nicht. Bin ich zu schwach. Bin ich lieber noch ein bisschen fröhlich und mach die Augen zu. Und lass die Füße tun, was sie tun. Gut, dass man solche Füße hat, die selbständig vorsortieren, was sie melden sollen und was nicht. Selbständige Füße, selbständige Beine. Zu Hause sagen sie, wir sind müde. Du glaubst es ihnen und legst dich auf das Kanapee. Wenn ein toter Mensch auf der Straße liegt, in einer Stadt, in der alles gut ist, alles in Ordnung, alles im Frieden, dann sind die Menschen entsetzt, dann laufen sie zusammen, drängen sich um ihn, fragen, was ist geschehen. Aber wenn alles kaputt ist, die Trambahn aus den Schienen gesprungen ist, die Wagen umgekippt und angezündet wurden, wenn die Polizei einen Mann anhält, nicht weil er etwas angestellt hat, sondern um ihn unter den

Augen der Passanten auszurauben, wenn die Fensterscheiben der Häuser bis in den ersten Stock hinauf eingeschlagen sind, wenn tote Rösser mit aufgeblähten oder explodierten Bäuchen mitten über den Schienen liegen und dir ihre großen gelben Zähne zeigen und ihre blauen Eingeweide, dann fällt ein Toter nicht auf, nicht einmal zwei Dutzend Tote fallen dir auf, die toten Pferde sehen immerhin noch verschieden aus, braune, gefleckte, schwarze, weiße, die toten Menschen sehen alle gleich aus, Männer wie Frauen, alle tragen die gleichen Mäntel. Wie soll da Mitleid aufkommen? Narrenmitleid! Und wenn es irgendwo etwas zu essen gab, eine Schlange. Manche Menschenschlangen hundert Meter lang. Damit sich keiner hineindrängt, haben sich die Leute am Gürtel ihres Vordermannes festgehalten. Oder sie haben sich gleich zu Gruppen zusammengetan und aneinander angeseilt. Auch schwangere Frauen hat man nicht vorgelassen. Da entwickelt man eine Gleichgültigkeit gegenüber dem Schmerz. Auch gegenüber dem eigenen Schmerz. Solche Menschen halten viel aus. Sie denken, es kann nicht schlimmer werden. Du siehst das große Grauen und bist fast froh, schlimmer kann es nicht werden. Wie Feuer umzingeln uns die Zeiten. Millionen von leichthin Getöteten. Rückblickend war das große Grauen nur ein Anfang, ein zögerndes Tasten. Alles wird auf immer neu beginnen. Ich habe eine Erfahrung gemacht in meinem Leben: Willst du das Grauen um dich herum ertragen und nicht verrückt werden, sei müde! Die Müdigkeit ist eine der großartigsten Erfindungen der Natur. Wenn ich mit meinem Mann gestritten habe und wir merkten, der Streit wird längere Zeit dauern, dann habe ich mir den Befehl gegeben: Müde werden!

Anouk, sei müde! Es gibt Menschen, und es sind nicht die unglücklichsten, die sind ihr ganzes Leben lang müde. Sie sind immer müde. Seit meinem neunzigsten Lebensjahr gehöre ich zu diesen Menschen. Ich hätte früher damit anfangen sollen.

Apropos Müdigkeit. Kommen Sie morgen wieder! Und bitte, um die gleiche Zeit. Ich mag Wiederholungen. Ich will sagen, ich halte nur noch Wiederholungen aus. Werden Sie kommen?«

»Ich wollte eigentlich nach Hause fahren.«

»Wo ist Ihr Zuhause?«

»In Vorarlberg. In Bregenz.«

»Das ist weit. Bregenz ist weit. Wartet Ihre Frau auf Sie?«

»Ja.«

»Und Kinder haben Sie auch?«

»Ja.«

»Und die Kinder warten auch auf Sie?«

»Ja.«

»Dann sagen Sie Ihrer Frau und Ihren Kindern, sie werden eines Tages damit prahlen, dass ich Sie darum gebeten habe, mir zuzuhören. Werden Sie das Ihrer Frau sagen?«

»Nein, das werde ich nicht.«

»Aber Sie werden mich morgen um die gleiche Zeit wieder besuchen?«

»Das will ich.«

Drittes Kapitel

»Ich habe nachgedacht. Darüber, was ich Ihnen gestern erzählt habe. Sie müssen mich darauf aufmerksam machen, wenn ich zu ausführlich von etwas erzähle, was ich Ihnen eigentlich gar nicht erzählen will.«

»Ich weiß ja nicht, was Sie mir eigentlich erzählen wollen.«

»Ich muss Anlauf nehmen. Erzählen ist wie eine Revolution machen. Das verstehen Sie jetzt nicht, stimmt? Ich will es Ihnen erklären, wie es mir heute Nacht in den Sinn gekommen ist: Die Revolution macht alles neu. Und wenn man erzählt, macht man das Leben, das man erzählen will, ebenfalls neu. Ich vergleiche gern. Gestern war Anlauf. Heute ist Weitsprung. Erinnern ist mit Weitsprung vergleichbar. Fast alles ist mit Weitsprung vergleichbar. Das ist mir heute Nacht eingefallen. Treiben Sie Sport? Ich glaube nicht. Haben Sie Sport betrieben als junger Mann?«

»Ich habe geturnt.«

»Sie haben die Figur eines Turners. Das habe ich schon bei dem Dinner gesehen. Klein, kurz, wie ein Hydrant. Wie ich. Wir sind gute Turner, von Natur aus. Da schwingen die Beine nicht so ungelenk in der Luft herum, wenn Sie sich am Reck versuchen zum Beispiel, habe ich recht? Ich soll Sie übrigens von Alice Winegard grüßen. Sie sind ihr sympathisch.

Sie weiß nicht, was ich von Ihnen will, aber sie sagt, Sie seien gewiss der Richtige. Wir telefonieren jeden Morgen miteinander. Sie ruft mich an. Sie will wissen, ob ich nicht in der Nacht gestorben bin. Genauso drückt sie sich aus. Das ist amerikanischer Humor. Weiblicher amerikanischer Humor. Sie sagt: Ob dich die Katz gefressen hat, will ich wissen. So drückt sie sich aus. Amerikanische Männer haben einen anderen Humor. Ich hatte das Vergnügen, den amerikanischen Präsidenten Richard Nixon kennenzulernen. Auch bei einem Abendessen. Der hatte Humor. Einen amerikanischen Männerhumor. Ich war gut im Turnen. Die Russinnen sind bis heute gut im Turnen. Beim Bodenturnen muss man Anlauf nehmen wie beim Weitsprung. Ich war gut im Bodenturnen, den Stufenbarren habe ich gehasst. Aber gut war ich auch am Stufenbarren.

Dann also weiter. Bevor ich wieder müde werde und Sie fortschicke. Machen Sie sich keine Notizen?«

»Ich nehme unser Gespräch mit dem Handy auf. Es würde mich ablenken, wenn ich mir Notizen mache. Sie waren beim Tanzen im Park stehengeblieben.«

»Ich weiß, wo ich stehengeblieben war. Und beim Tanzen war ich ganz gewiss nicht stehengeblieben. Da will ich nicht weitererzählen. Ich will Ihnen von meinem Vater erzählen.

Ich habe ihn nicht so sehr liebgehabt, wie ich ihn hätte liebhaben sollen. Das hat ihm wehgetan, das wusste ich. Aber ich konnte es nicht ändern. Er war immer sanft zu mir gewesen. Meine Mutter hat oft mit mir geschimpft, auch noch als ich schon fünfzehn und sechzehn, auch noch kurz vor ihrem Tod, als ich schon erwachsen war, aber sie hatte ich lieb. Der Vater hat nicht mit mir geschimpft. Meine Mutter hat mir nie richtig zugehört. Sie hat immer gleichzeitig fünf Sachen gedacht. Er hat mir zugehört. Sie ist immer in Bewegung gewesen, aufgestanden, fünf Schritte in diese Richtung, fünf in die andere, da etwas umgestellt, hier etwas glattgezogen, ein Buch aus dem Regal, wieder zurück, wieder heraus, ihre Absätze trommelten über die Dielen. Er war anders. Er hat mir Platz angeboten in seinem Arbeitszimmer, ich rede jetzt von unserer alten Wohnung, wirklich Platz angeboten, mit einer Handbewegung, wie es ein feiner Herr einem anderen feinen Herrn gegenüber tut. Zwei Lederfauteuils standen in seinem Zimmer, einer auf der einen Seite seines Schreibtischs, einer auf der anderen. Auf dem einen saß er, auf dem anderen sein Besuch. Ich war ein Besuch. Als Tochter kam ich mir bei ihm nicht vor. Was habe ich mit diesem Mann zu tun? Nicht böse gemeint, einfach nur als Frage. Grüne Ledersessel mit Messingnieten. Und dann hatte ich keine Lust mehr, ihm zu sagen, was ich hatte sagen wollen. Und bald habe ich erkannt, dass ich ihm gar nichts sagen wollte. Er war so fern. Obwohl ich wusste, er hört mir zu, er ist jetzt in dieser halben Stunde nur für mich da, trotzdem war er fern. Heute, wo ich so alt bin wie ein weiblicher Methusalem, habe ich ein schlechtes Gewissen. Das hatte ich mein Leben lang nicht. Ich habe ein schlechtes Gewissen, weil ich ein langes Leben lang nicht an ihn gedacht habe. Und weil ich nicht einmal mehr weiß, wie er ausgesehen hat. Vielleicht lag es ja daran, weil er so alt war. In dem Jahr, von dem ich Ihnen erzählen möchte, war er schon sechzig. Ich hätte seine Enkelin sein können. Damals waren Männer oft viel älter als ihre Frauen. Meine Mutter war fünfundzwanzig Jahre jünger als er.

Unser Schicksal, nämlich dass wir aus Russland ausgewiesen wurden, das war vielleicht besiegelt worden, als sich mein Vater mit Boris Sawinkow befreundet hat. Vielleicht. Vielleicht aber auch nicht. Was weiß man schon, was in den Hirnen der Schicksalsbesiegler vor sich geht. So etwas Harmloses! Und solche Folgen! Kennen Sie Boris Wiktorowitsch Sawinkow? Den Namen wenigstens? Er war ein Kollege von Ihnen, ein Schriftsteller. Aber er war eben nicht nur ein Schriftsteller, er wollte, was viele Schriftsteller wollen, er wollte auch in der Politik mitmischen. Was für eine dumme Idee! Haben Sie sich je überlegt, in die Politik zu gehen, wie man so sagt?«

»Ein bisschen überlegt … durchaus …«

»Ein bisschen überlegt?«

»Ja, ein bisschen überlegt.«

»Diese Formulierung ist eines Schriftstellers nicht würdig. Das wissen Sie selbst. Streichen wir die Frage. Streichen wir die Antwort.

Mein Vater war mit Boris Sawinkow vor der Revolution befreundet gewesen. Wenn ich Ihr Wort ausleihen darf: ein bisschen befreundet gewesen. Wirklich nur ein bisschen. Aber das hatte womöglich genügt. Sie lernten sich in Paris kennen, da war ich gerade ein Jahr alt. Mein Vater hatte einen Ruf an die *École polytechnique* angenommen und dort zwei Jahre lang unterrichtet. Meine Mutter besuchte in dieser Zeit Vorlesungen bei den Ornithologen und bereitete sich auf ihre Dissertation vor. Ein halbes Jahr war sie weg, da war sie in Norwegen, hat Vögel beobachtet und gemessen, einmal nur hat sie uns in dieser Zeit besucht, ein Aufwand damals. Auf mich aufgepasst hat in dieser Zeit eine deutsche Amme, jedenfalls ist sie Amme genannt worden. Deutsch eben. Amme.

Boris Sawinkow war in Paris im Exil. Bitte, das sage ich gleich, diese Geschichte habe ich mir später, sehr viel später, zusammenrecherchiert. Mit Mühe. Und mit Hilfe. Ich habe einen Studenten über die Semesterferien angestellt, gut bezahlt. Darüber haben meine Eltern nämlich nicht gesprochen, was mit Sawinkow war. Ihr Leben lang hatten sie Angst, diesen Namen auszusprechen. Aber es war nicht der einzige Name, den sie sich nicht auszusprechen trauten. Über die Geschichte von Boris Sawinkow hat niemand gesprochen, auch nicht später in den russischen Kreisen in Berlin. Der Name war tabu. Er hat ein Buch über seine Zeit als Terrorist geschrieben. Das habe ich nicht gewusst. Und der Student hat auch nicht herausgekriegt, dass diese Bücher heute noch zu bekommen sind. Der Student war rausgeschmissenes Geld.

Boris Sawinkow musste 1907 aus Russland fliehen, weil er in einen Mordanschlag auf einen der Romanows verwickelt war. Er hatte den Großfürsten Sergei Alexandrowitsch erschossen. Oder nicht erschossen. Eine Bombe geworfen. Er war einer von denen, die eine Bombe geworfen haben. Oder ich verwechsle das, und er hat doch geschossen. Der Großfürst sei verantwortlich gewesen für die größte Massenpanik in der Geschichte, nicht nur in der Geschichte Russlands, in der Geschichte der Menschheit. Er hatte im Jahr 1896 die Krönungsfeierlichkeiten für Nikolaus II. organisiert. Tausenddreihundert Menschen seien zu Tode getrampelt worden und ebenso viele verletzt. Eine Kommission habe eindeutig die

Schuld dem Großfürsten zugewiesen. Er war aber nicht zur Rechenschaft gezogen worden. Die Romanows schützen die Familie. Sie haben sich einen Schuldigen gesucht, den Oberpolizeimeister. Aber jeder habe gewusst, wer in Wahrheit schuld war. Am selben Abend besuchte der Zar einen Ball in der französischen Botschaft. Hat getanzt und gelacht. Das hat man ihm nicht vergessen und nicht verziehen. Es soll Historiker geben, die der Meinung sind, diese Tragödie sei der frühe und eigentliche Auslöser der Revolution gewesen. Die Attentäter von 1907 waren die Gerechten. Boris Sawinkow und seine Genossen wurden zum Tode verurteilt, aber dann war Sawinkow aus dem Gefängnis geflohen und ist nach Paris abgedampft, sozusagen. Dort hat er sich anonym gehalten. Anderer Name. Anderer Lebenslauf. Sein Freund Iwan Kaljajew, ebenfalls ein Dichter, der bei dem Attentat auch dabei gewesen war, der konnte nicht fliehen, der wurde aufgehängt. Als am 4. Juli 1918 in Jekaterinburg die Zarenfamilie ermordet wurde, soll einer der Tschekisten ausgerufen haben: Das ist für Iwan Kaljajew! Und hat abgedrückt. Da war Boris Sawinkow bereits aus dem Pariser Exil nach Russland zurückgekehrt, als Held.

In Paris hatte es wie überall Zirkel von Emigranten gegeben, Menschen, die Russisch sprechen wollten, wenigstens am Abend oder am Wochenende. Weil sie Heimweh hatten. Die sich gegenseitig Geld borgten und sich gegenseitig die Frauen ausspannten und miteinander saufen wollten. In diesen Zirkeln hat Sawinkow verkehrt und mein Vater auch. Es war mehr als wahrscheinlich, dass sich Spitzel herumtrieben. Im Zarenreich gab es jede Menge davon. Aber es gab auch Russen, die in Paris lebten und nichts mit Politik zu tun hatten, die nicht vor dem Zaren geflüchtet waren, unpolitische Menschen, Studenten, Geschäftsleute, reiche Nichtstuer. Professoren wie mein Vater. Unpolitisch war mein Vater nicht. Meine Mutter schon, ihr war Politik egal, jedenfalls solange sie der Politik egal war. Mein Vater interessierte sich, hielt aber den Mund. In Paris sowieso. Und in diesen unpolitischen Kreisen haben sich die beiden kennengelernt, mein Vater und Boris Sawinkow. Es kann sein, dass sich Sawinkow vor ihm geöffnet hat. Dass er sich meinem Vater anvertraut hat. Mein Vater hat Vertrauen ausgestrahlt, wenn ich das so formulieren darf. Man hat ihn nur schwer mögen können oder gar nicht, aber vertraut hat man ihm. Später erfuhr er, dass gerade diese unpolitischen Kreise besonders aufwändig bespitzelt wurden. Über die politischen Kreise habe man ja alles gewusst. Interessant sind die, bei denen man nicht weiß, was in ihrem Kopf vor sich geht.

Wir sind, nachdem der Vertrag meines Vaters bei der *École polytechnique* ausgelaufen war, wieder zurück nach Sankt Petersburg gezogen, wie vorgesehen. Und Boris Sawinkow kehrte auch zurück. Er aber erst sechs Jahre später. 1917, nachdem der Zar abgedankt hatte. Nun war er ein Held, ein Held der Revolution. Und als solcher hat er Karriere gemacht. Als Politiker. In der Regierung Kerenski. Die Regierung Kerenski hat unbedingt einen Helden gebraucht, sie galt als schwach und kompromissbereit, durchdrungen vom Glauben an die sanfte Macht der Vernunft. Boris Sawinkow spielte gern den Helden. Welche Funktion er innehatte, weiß ich nicht. Ob er ein Minister war, ich weiß es nicht. In Sankt Petersburg haben sich mein Vater und er nicht mehr getroffen. Kein Kontakt. Hat sich nicht ergeben. Oder beide wollten nicht. Ich nehme an, sie haben einander vergessen. So unwichtig war einer dem anderen. Sie haben in Paris Schach miteinander gespielt. Aber das hat jeder Russe mit jedem Russen im Exil. Auf dem Russki Montparnasse. Und Tee aus Gläsern getrunken. So heiß, dass man das Glas nicht anfassen konnte, ohne sich die Finger zu verbrennen. So unvernünftig! Wieso trinken sie den Tee nicht aus einer Tasse mit einem Henkel! Jeder schreit auf, wenn er das Glas berührt, seit Hunderten Jahren schreit jeder auf, wenn er sein Glas Tee berührt, und trotzdem ist keiner je auf den Gedanken gekommen, den Tee in einer dicken Porzellantasse mit einem Henkel daran zu servieren, wie man es überall auf der Welt tut! Was für ein dummes Volk!

Sawinkow zog sich nach der Machtergreifung der Bolschewiki nicht aus der Politik zurück. Hätte er tun sollen. Maul halten und ein Held bleiben und ein Denkmal werden. Er aber stellte sich gegen Trotzki und gegen Sinowjew und dann auch gegen Lenin. Verglich die Bolschewiki mit der Polizei unter dem Zaren. Die Tscheka sei um kein Haar besser als die Ochrana. Die sei zum Schutz der Arbeiter da? Dann könne man gleich den Wolf die Herde hüten lassen. Dass es ein falscher Weg sei, den sie gehen. Und dass sie, wenn sie schon unbedingt wollen, den Weg allein gehen, aber nicht alle anderen zwingen sollen, sie zu begleiten. Er glaubte, es komme in dieser Zeit auf Eloquenz an. Und diesbezüglich fühlte er sich als Schriftsteller den Oktoberrevolutionären überlegen. Als er mitgekriegt hat, dass die Neuen sehr gut verstanden, Worte durch Pistolenkugeln zu ersetzen, ist er wieder nach Paris abgehauen. Aber dort blieb er nicht, dort war er niemand, er kehrte zurück, freiwillig, nach Moskau diesmal, der Narr, der eingebildete, selbstverliebte, in Paris kannte ihn ja keiner, und ist in Moskau eingesperrt worden, und irgendwann hat man ihn aus dem fünften Stock der Lubjanka auf die Straße geworfen. Das war im Mai 1925. Da waren wir schon längst nicht mehr in Russland.

Warum ich das alles erzähle: Eines Tages standen Männer vor unserer Tür, eben im Jahr 1922, im August, heißer August. Die haben meinen Vater abgeholt und auch meine Mutter. Meine Eltern haben ja durchaus mit den Bolschewiki sympathisiert, sogar noch in Berlin im Exil sympathisierten sie mit den Bolschewiki. Sie äußerten sich sogar positiv über Stalin, ich habe es gehört. Das war aber nicht die Frage. Sympathisieren ist das eine, sich auf einen Sympathisanten verlassen können, ist das andere. Die Frage war: Kann man sich auf einen verlassen, der Boris Wiktorowitsch Sawinkow gekannt hat? Was hatte mein Vater mit diesem Herrn zu tun? Nichts. Was war damals in Paris geschehen? Nichts. Und was noch? Nichts. Und sonst? Nichts. Und weiter? Nichts. Tee getrunken manchmal, russisches Essen gegessen manchmal, Schach gespielt, über Literatur diskutiert, den Louvre besucht, an der Seine Bücher eingekauft. Und haben Sie gewusst, warum Boris Wiktorowitsch Sawinkow im Exil war? Nein. Hat er es Ihnen nicht erzählt? Nein. Er ist ein Held, er war einer der Ersten gewesen, die gegen den Zaren gekämpft haben. Weiß ich nicht. Was heißt hier, weiß ich nicht, das weiß doch jeder! Ich nicht. Und warum wissen Sie das nicht? Ich weiß nicht, warum ich das nicht weiß. Was wissen Sie überhaupt über diesen Mann? Ich weiß nur, dass er mit mir Schach gespielt hat und dass wir Tee getrunken haben und dass wir einmal den Louvre besucht haben und dass wir über Tolstoi gesprochen haben. Und das ist alles? Das ist alles. Sind Sie denn an gar nichts interessiert, was in Russland geschieht? Nicht sehr bin ich interessiert. Und warum nicht? Weil ich schon alt bin.

Gut. Das war's. Oder so ähnlich. So lief das Verhör ab. Keine Gewalt. Nicht einmal ein böses Wort. Mein Vater und meine Mutter durften wieder nach Hause gehen. Man hat sie sogar bis vor die Tür begleitet. Zwei Stunden hatten die Verhöre gedauert. Getrennte Verhöre. Hinterher haben sich mein Vater und meine Mutter verglichen. Ob sie sich eventuell widersprochen haben. Haben sie nicht. Bei der Wahrheit nämlich, da gibt es bekanntlich keine Varianten.

Und dann bin auch ich abgeholt worden. Ein vierzehnjähriges Ding. So wichtig war ich aber nicht, dass man mich in ein Amt oder eine Parteizentrale gebracht hätte wie meinen Vater und meine Mutter. Und es sei auch gar kein Verhör, sagten sie. Nur ein paar Fragen. Auch ich konnte mich nicht über Unhöflichkeit beklagen. Die Zeit der Unhöflichkeit war damals schon vorbei, und die große Unhöflichkeit stand erst bevor. Ich saß auf dem Rücksitz eines Autos, rechts und links neben mir die beiden Herren von der Tscheka, oder war es schon die GPU, ich kannte sowieso den Unterschied nicht. Und wer gerade die Macht hatte innerhalb der Geheimpolizei wusste niemand, darum war sie ja die Geheimpolizei, ob immer noch Dzierżyński oder schon ein Nachfolger, sind ja alle erschossen worden, Jagoda, Jeschow, Beria, Merkulow, Abakumow, die Namen kenne ich alle, ich habe mich ja später auf dem Laufenden gehalten, bis herauf ans Ende des Jahrhunderts fast, man konnte nie wissen. Die Sankt Petersburger seien sanfter gewesen als die Moskauer, habe ich dann auch erfahren. Die Leute von der Tscheka waren bekannt dafür, dass sie Ledermäntel trugen oder Lederjacken, schwarz, und keine Hüte, sondern Kappen. Aber das war bereits Nostalgie, Erinnerung an die glühende Jugendzeit, als noch von heiliger Gewalt und Märtyrertod geträumt worden war. Meine beiden trugen Anzüge, ganz normal, und Hüte, ganz normal. Sie baten mich nach draußen auf die Straße. Ja, sie baten mich. Einer lächelte sogar. Ein freundliches Lächeln. Dann gingen wir ein Stück bis zu ihrem Wagen. Der Chauffeur musste aussteigen und zehn Meter neben dem Wagen warten und rauchen. Wenn einer aussah wie ein Tschekist, dann er. Auf der Rückbank des Autos haben sie mich ausgefragt. In einer Seitengasse. Ich war nicht aufgeregt. Ein bisschen. Ich fand es spannend. Sie sagten immer wieder, dass ich nichts zu befürchten hätte und bitte nicht anfangen soll zu weinen. Wäre mir gar nicht in den Sinn gekommen. Sie haben mich gefragt, ob Boris uns noch manchmal besucht. Welcher Boris, fragte ich, und warum noch. Ob ich keinen Boris kenne? Schon, sagte ich, allein in meiner Klasse sind zwei Boris, aber keiner von denen hat mich je besucht. Und einen erwachsenen Mann mit dem Namen Boris, ob ich so einen kenne? Kenne ich auch einen, sagte ich, in dem Gasthaus unter uns steht einer hinter dem Tresen, der heißt Boris Fadejew, aber der hat uns auch noch nie besucht. Sonst kenne ich keinen erwachsenen Boris. Sonst keinen, aha. Und ob der Herr Sawinkow uns hin und wieder besuche? Den kenne ich auch nicht. Ein Dunkler mit einem dunklen Bart und einer lauten Stimme. Ich kenne viele Dunkle mit einem dunklen Bart, und eine laute Stimme haben auch viele. Der mit meinem Vater in Paris gewesen ist. Da war ich noch ein Baby. Ob meine Eltern nie von einem gewissen Boris Wiktorowitsch Sawinkow gesprochen haben? Nein. Mir kam vor, bei jeder Frage rückten die beiden näher an mich heran. Aber so, als wäre es nicht ihre Absicht. Als würden sie es sich nur bequemer machen wollen. Ich war zwischen ihnen eingeklemmt. Auch sie rochen aus dem Mund. Aber nach Pfefferminz. Scharf. Sie wandten ihre Gesichter nicht eine Sekunde von mir ab. Wenn einer fragte, legte er seinen Zeigefinger unter mein Kinn, ganz zart, und drehte mein Gesicht zu sich herüber, der andere tat das Gleiche, wenn er dran war. So hin und her. Sehr nahe, fast haben sich unsere Nasen berührt. Ob ich ihnen sagen könne, wer uns manchmal besuche. Keiner besucht uns manchmal. Jeder Mensch wird manchmal besucht. Wir nicht. Ich fragte, warum sie das alles von mir wissen wollen. Da stiegen sie aus und sagten, ich könne nach Hause gehen. Einer bot mir ein Pfefferminzbonbon an. Der Kleinere von den beiden. Er war auf der anderen Seite ausgestiegen und warf mir das Bonbon über das Autodach zu, und ich fing es auf, da lobte er mich. Das war's.

Das war's natürlich nicht. Im September nämlich kamen die Männer wieder. Drei Wochen später bereits. Dieselben beiden. Beschämend ist, dass ich mich an sie sehr gut erinnern kann, an meinen Vater aber nicht. Wie sie ausgesehen haben, wie sie gerochen haben, wie sie gesprochen haben. Einer hatte einen hohen Kopf, die Haare an den Seiten geschoren, oben standen sie in die Höhe, wenn er den Hut abnahm, der Kopf hat mich an eine Rübe erinnert, rötliche

Haare, rötliche Flecken im Gesicht, Sommersprossen an den Händen, große, weiße Hände und breite, sehr rote Lippen. Der andere war blond und hatte einen Seitenscheitel, er sah aus, als grinse er dauernd, solche gibt es, die leiden darunter, man nimmt sie nicht erst. So einer war der. Da standen sie wieder vor unserer Tür. Der Blonde klein, der Rote einen Kopf größer. Sie sagten, wir müssen Russland verlassen. Man wird uns nichts tun. Aber wir müssen gehen. Es sei ein Entgegenkommen der Regierung. Eine Art Gnade der Regierung. Eines Tages würden wir es verstehen und dankbar sein. Das sagten die Herren zu meinem Vater. Der nickte nur. Ich denke, er hat es damals schon verstanden. Sie sagten, sie warten unten, eine halbe Stunde hätten wir Zeit. Wenn wir in einer halben Stunde nicht unten seien, wären sie leider gezwungen, uns zu holen. Wir durften jeder mitnehmen: einen Mantel, einen Hut oder eine Haube, ein Paar Schuhe, nämlich die an den Füßen, zwei lange Unterhosen, Handschuhe, Hemden, Strümpfe, das Übliche, jeder fünfzehn Zigaretten, ich auch, ich glaube, damals entschloss ich mich, Raucherin zu werden, und jeder zwanzig Dollar. Zusammen fünfundvierzig Zigaretten und sechzig Dollar. Wir haben Dollar besessen. Ziemlich viele sogar. Ich wusste, wo sie versteckt waren. Kein originelles Versteck nach meiner Meinung. Im Besteckkasten, da war ein Hohlraum, die Schublade reichte nicht ganz bis nach hinten, dort lagen die Geldscheine. Zusammengebunden mit einem Faden. Manchmal, wenn ich allein zu Hause war, habe ich sie herausgenommen, in meiner Hand gewogen, geordnet und gezählt. Über dreihundert Dollar, auch französisches Geld und deutsches. Mein Vater sagte, die nehmen wir nicht mit, nichts nehmen wir mit, auch nicht einen einzigen Dollar, die Dollar schon gar nicht. Meine Mutter fragte, warum nehmen wir die nicht mit? Wo immer wir ankommen, Dollar kennt man auf der ganzen Welt. Ja, warum sollten wir die Dollar nicht mitnehmen? Ich sage es Ihnen: Das war nämlich eine gottverfluchte Falle, und mein Vater wusste das. Auf den Besitz von Devisen stand die Todesstrafe. Wir haben später von Leuten erfahren, die auch auf unser Schiff hätten sollen und die ihre Dollars mitgenommen haben, nicht mehr als zwanzig für jeden, wie es angeblich erlaubt war. Nicht einen Dollar mehr. Die hat man herausgegriffen und erschossen. Da stand ein Kontrollhäuschen, hundert Meter vom Pier entfernt, und neben dem Häuschen war ein Zaun aus breiten Brettern, und der Zaun war hoch, höher als ein großer Mann, oben Stacheldraht, und in dem Zaun war eine schmale Tür, gerade so schmal, dass man einen Mann hindurchdrücken konnte, bei eher dicken Männern oder dicken Frauen hat man nachgeholfen mit den Stiefelabsätzen, aber es gab ja kaum Dicke. Die Tür, das waren zwei Bretter, die zusammengebunden und an Lederbändern aufgehängt waren, und dahinter ist geschossen worden. Ein Schuss jeweils. Pistole. Ich habe es gehört. Ich wusste, wie ein Pistolenschuss sich anhört. Eine Mauser. Genosse Mauser. Meine Mutter hat die Schüsse auch gehört. Mein Vater natürlich auch. Würde mich interessieren, was aus dem Geld in der Schublade geworden ist, dem amerikanischen, deutschen, französischen. Hoffentlich hat es jemandem Glück gebracht. Ich gönn's ihm ja.

Ich bin müde. Gehen Sie! Und kommen Sie morgen wieder! Kommen Sie jeden Tag wieder, bis ich sage, es reicht!«

In der Küche auf dem Tisch liege ein Schlüssel. Den solle ich an mich nehmen, sagte sie. Dann brauche ich nicht zu klingeln. Ich solle aufsperren und rufen. Nicht, dass sie erschrecke, wenn ich auf einmal vor ihr stehe.

Ich ließ den Schlüssel liegen. Ich dachte, vielleicht will sie mich testen. Ob ich einbrecherische Ambitionen habe.

Viertes Kapitel

Punkt neun Uhr stand ich vor dem Buchladen Leporello in der Innenstadt. Ich erkundigte mich nach der deutschen Biografie über Anouk Perleman-Jacob. Sie war nicht lagernd, ich bestellte sie. In zwei Tagen, wurde mir zugesichert, könne ich sie abholen. Den weiteren Vormittag verbrachte ich in der Nationalbibliothek auf der Suche nach Literatur über diese Zeit. Ich wusste nicht genau, wonach ich suchte. Allgemeine Darstellungen der Russischen Revolution gab es viele. Auch Memoirenliteratur. Von Boris Sawinkow fand ich im Katalog: »Erinnerungen eines Terroristen. Ins Deutsche übertragen und mit einer Einleitung versehen von A. Maslow. Mit der Vorrede zur russischen Ausgabe von Felix Kon, Berlin, Büchergilde Gutenberg, 1929.« Den Band lieh ich mir aus.

In einem Artikel in der *Neuen Zürcher Zeitung* wurde von zwei Schiffen berichtet, von einem Passagierschiff mit dem Namen »Oberbürgermeister Haken« und der Eisenbahnfähre »Preußen«. Im Herbst 1922 seien sie von Sankt Petersburg abgefahren, über den Finnischen Meerbusen und die Ostsee in Richtung Deutsches Reich, mit je hundert bis zweihundert Personen an Bord – Ärzten, Professoren aus allen Fakultäten, Studenten, Ingenieuren, Rechtsanwälten, Journalisten, Philosophen, unter ihnen Simon Frank, Ivan Iljin, Nikolai Losski,

Nikolai Berdjajew und Fedor Stepun, der Schriftsteller Michail Ossorgin, Tolstois Sekretär Walentin Bulgakow, der Historiker Alexander Kiesewetter, der Soziologe Pitirim Sorokin.

Ich las, wie Leo Trotzki vor internationalen Journalisten diese Aktion begründet hatte: »Die Elemente, die wir ausweisen oder ausweisen werden, sind als solche politisch bedeutungslos. Aber sie sind potenzielle Waffen in den Händen unserer möglichen Feinde. Falls es erneut zu militärischen Komplikationen kommt, werden all diese unversöhnlichen und unbelehrbaren Elemente sich als militärisch-politische Agenten des Feindes erweisen. Und wir werden gezwungen sein, sie nach dem Kriegsrecht zu erschießen. Deshalb ziehen wir es vor, sie jetzt, in einer ruhigen Phase, beizeiten auszuweisen. Und ich hoffe, dass Sie bereit sein werden, unsere vorausschauende Humanität anzuerkennen und sie gegenüber der öffentlichen Meinung zu verteidigen.«

Punkt drei Uhr am Nachmittag betrat ich die Villa in Hietzing – die Tür stand offen – und rief nach Frau Perleman-Jacob.

Sie saß im Wohnzimmer auf ihrem Platz, trug dieselben Kleider wie an den Tagen zuvor, eine weiße Spitzenbluse, darüber eine gehäkelte blaue Weste. Warum ich so spät komme, fragte sie.

»Ich denke, ich bin pünktlich.«

»Ich warte schon seit einer Stunde.«

»Aber wir hatten doch fünfzehn Uhr ausgemacht.«

»Ich warte trotzdem schon seit einer Stunde.«

»Soll ich morgen früher kommen?«

»Kommen Sie denn morgen wieder?«

»Wenn Sie das wollen.«

»Vielleicht lebe ich morgen nicht mehr.«

»Dann geh ich einfach und fahre nach Vorarlberg zu meiner Frau und meinen Kindern.«

»Und lassen mich liegen?«

»Ich nehme an, Ihre amerikanische Freundin wird dann schon vor mir hier gewesen sein.«

»Das ist amerikanischer Männerhumor! Das habe ich damit gemeint. Wie lange haben Sie in Amerika gelebt?«

»Ich habe gar nicht in Amerika gelebt. Länger als drei Wochen war ich nie dort gewesen.«

»Und wo drei Wochen?«

»In North Dakota.«

»Und was haben Sie dort gemacht?«

»Nichts.«

»Und sonst?«

»Nichts.«

»Und weiter?«

»Diesen Dialog hatten wir schon.«

»Was haben Sie heute Vormittag unternommen?«

»Ich war in der Nationalbibliothek.«

»Um zu überprüfen, ob ich lüge?«

»Ich habe gefunden, was Trotzki zu den Ausweisungen gesagt hat.«

»Dass sie ein Akt der Humanität seien, ja. Sie hätten nicht einen finden können, der damals ausgewiesen worden war, der diese paar Sätze nicht bis an sein Lebensende in seinem Kopf parat hatte. Ein Stück Prosa, das gut in das zwanzigste Jahrhundert passt. Jegor Kuznetsow, der auch auf einem der

Schiffe war, nicht auf unserem, ein Agrarexperte, ein Kollege meines Vaters an der Universität, der hat das Zitat aus einer Zeitung ausgeschnitten und bis an sein Lebensende an seiner Küchenkredenz hängen gehabt. Um nicht ins Heimweh zu verfallen, wie er sagte. Trotzki hatte recht. Er hätte sich selbst auf eines der Schiffe verfrachten lassen sollen. Dann wäre er länger am Leben geblieben. Viele, die nicht seinem ›Akt der vorausschauenden Humanität‹ anheimfielen, sind später in den Gulag gewandert und dort umgekommen. Aber Trotzki war ja nur der Sprecher von Lenin. Es war Lenins Idee, uns auszuweisen. Allein seine Idee. Ich sage Ihnen etwas, das weiß heute keiner mehr, fast keiner weiß es mehr, einige wissen es schon, und die es wissen, wollen es nicht wissen: Die ganze Operation war ein Rachefeldzug Lenins. Und dieser Rachefeldzug hat sich gegen einen einzigen Mann gerichtet. Nicht gegen uns andere, die wir auf den Schiffen aus Russland geschafft wurden. Gegen einen einzigen. Nämlich gegen Nikolai Alexandrowitsch Berdjajew, den Philosophen. Wir anderen waren dazu da, um zu verschleiern, dass der Führer der Revolution ein kleinlicher, rachsüchtiger Mann war. Berdjajew hat nämlich irgendwann ein Buch von Lenin zerrissen, in einer kleinen Zeitschrift, zehn Jahre war es her oder länger sogar. Ich weiß nicht im Einzelnen, was für ein Buch es war. Kein politisches Buch. Es war ein philosophisches Buch. Lenin hat sich eingebildet, er sei obendrein auch noch ein Philosoph. Berdjajew hat sich die Mühe gemacht, all die Fehler und Fehlschlüsse und Ungereimtheiten aus diesem Buch herauszuklauben und vorzuführen. Er hat es nicht ausgesprochen, aber er hat es so gemeint: Das ganze Buch sei durch und durch ein Schmarren, ein reiner Plunder. Das hat ihm Lenin nicht verziehen. Hätte er Berdjajew einfach erschießen lassen, wie es Stalin getan hätte, dann würde man herumerzählt haben, Lenin sei nachtragend und weinerlich oder Ähnliches, Eigenschaften, die einen Revolutionär nicht schön machen. Er wollte den Kritiker einfach weghaben. Also hat er zu Trotzki gesagt: Da gibt es einige Intellektuelle, sogenannte Intellektuelle, selbsternannte Intellektuelle, ein Dutzend oder so, die könnten uns gefährlich werden, die haben Einfluss, weg mit ihnen! Erledige du das! Die Wahrheit lautet: Wir, also meine Familie, ich, meine Mutter, mein Vater, wir haben unsere Heimat verloren, weil Lenin ein dummes Buch geschrieben hat. Trotzki war ein guter Organisator, einen besseren findest du nicht. Der sagte, wenn schon, denn schon, dann nicht nur ein Dutzend von denen, sondern gleich ein paar hundert. Da waren viele dabei, die man hätte brauchen können. Dennoch! Weg mit ihnen! Einer zerstört ein ganzes Land, richtet Millionen Menschen zugrunde, lässt Millionen umbringen, schafft eine neue Gesellschaft – man denkt, solche Männer handeln aus ebenso großen Motiven, weltumfassenden Motiven, Gerechtigkeit, Gleichheit, Freiheit, Friede, Ordnung, Ruhe. Und dann stellt sich heraus, es ist gar nicht so. Er ist gekränkt worden, persönlich gekränkt. Wie die Millionen, die er ins Unglück stürzt, auch irgendwann einmal gekränkt worden sind. Weil ihnen einer die Frau ausgespannt hat, weil ihnen ein anderer in der Arbeit vorgezogen wurde, weil ihnen einer ins Gesicht gesagt hat, was für arme Würstchen sie sind. Der eine haut auf den Tisch, beißt sich in die Faust, schreibt einen Leserbrief – der andere zündet die ganze Welt an.

Aber gut, seien wir fair! Besorgen Sie das Buch von Lenin, lesen Sie es und berichten Sie mir! Kann sein, es ist ein großartiges philosophisches Werk und der Verfasser hatte recht, seinen Kritiker zu bestrafen. Und uns gleich mit.«

Ich fragte Frau Perleman-Jacob, ob sie heute schon etwas gegessen habe. Eine halbe alte Semmel, sonst nichts. Mehr hatte ich auch nicht gegessen. Ich fragte, ob ich in der Küche nachsehen dürfe, ob etwas da sei, aus dem man etwas kochen könne. Es sei nichts da, sagte sie. Nicht weit von der Villa war ein kleiner Supermarkt. Ich kaufte zwei Steaks und Kartoffeln und Brokkoli und Butter und richtete ein kleines Menü für uns an. Bier gab es genug. Ich schnitt ihr das Fleisch in mundgerechte Teile. So verbrachten wir eine Stunde miteinander, ohne dass sie in ihrer Geschichte fortfuhr. Kaffee wolle sie nicht, aber Tee. Also tranken wir Tee. Kaffee war ohnehin nicht da.

Dann erzählte sie weiter.

»Wir wurden nicht auf die ›Oberbürgermeister Haken‹ und auch nicht auf die ›Preußen‹ gebracht. So hießen die Schiffe, auf denen die Menschen außer Landes gebracht wurden, die Trotzki aus purer Humanität nicht hatte erschießen lassen. Diese Schiffe waren schon vor uns abgefahren. Ich weiß gar nicht, wie unser Schiff hieß. Wir gehörten zu den Zweifelsfällen. So wurden wir genannt: Zweifelsfälle. Ich weiß nicht, wer diesen Begriff aufgebracht hat. Offiziell war er wahrscheinlich nicht. Es hieß: Über uns sei erst in letzter Minute entschieden worden. Wir erfuhren, die anderen, die auf der ›Haken‹ und der ›Preußen‹, die hatten einen ganzen Tag Zeit gehabt, um ihre Sachen zusammenzupacken. Wir nur eine halbe Stunde. Da frage ich mich schon, wie man einen ganzen Tag brauchen kann, um einen Hut, zwei paar Unterhosen, einen Mantel und fünfzehn Zigaretten zusammenzupacken. Aber wahrscheinlich gehörte Sichverabschieden von Freunden dazu. Wir hatten keine Zeit, uns zu verabschieden. Aber wir hatten ja keine Freunde.

Ich muss auf das Schiff eingehen, auf das wir gebracht wurden. Wenn ich sage Schiff, dann machen Sie sich keine richtige Vorstellung. Unser Schiff war größer als die anderen beiden. Da war gar kein Vergleich. Ein Prachtstück unseres! Und das ist noch untertrieben. Das vornehmste Schiff im Hafen von Sankt Petersburg. Ich denke, nie war ein vornehmeres Dampfturbinenschiff im Hafen von Sankt Petersburg gestanden. Ich habe in meinem Leben ja keine Schiffe gebaut, ich habe Häuser gebaut, ich kann sagen, ich habe Städte geplant. Aber so ein Schiff, so ein Schiff … Das ist, als hätten es Götter gebaut. Vier weit aufragende ockerfarbene Schornsteine mit schwarzen Kappen, zweihundert Meter lang, über zwanzig Meter breit und fast fünfzig Meter hoch. Und das für uns allein! Das tatsächlich für uns? Für den kleinen Haufen, der wir waren? Wahrscheinlich hatten sie kein anderes Schiff mehr zur Verfügung. Und Befehl war Befehl. Da hat keiner gefragt, ob sich das rentiert. Wegen der paar Seelen. Es hätte ja auch einer sagen können, für diese da rentiert es sich nicht, so einen Riesendampfer loszuschicken. Vielleicht hätten wir dann zu Hause bleiben können. Aber es wäre vielleicht ein anderer gekommen, der sagte: Ja, stimmt, das rentiert sich wirklich nicht, erschießen wir sie einfach. Tun wir so, als ob sie Devisen bei sich gehabt hätten. Wem wäre das aufgefallen? Nicht einem, nicht einem!

Wir alle miteinander wurden im hintersten Winkel des Schiffes untergebracht. Nicht unkomfortabel. War ja genügend Platz. Natürlich nicht in der ersten Klasse waren wir untergebracht, um Himmels willen, nein, auch nicht in der zweiten Klasse, aber immerhin in der dritten. Auf so einem Luxusschiff ist auch die dritte Klasse nicht zu verachten. Es hat vier Klassen gegeben. Auf dem Schiff hätten mehr als zweitausend Menschen untergebracht werden können. Und dann ein Dutzend. Mama und Papa hatten eine eigene Kabine und ich auch eine eigene. Es war eng, aber eigen. Ich hätte bei Mama und Papa gar keinen Platz gehabt. Es war großartig! Zum ersten Mal in meinem Leben war ich allein. Tür zu, allein! Großartig! Ich hoffte, die Fahrt würde lang dauern. Zu essen gab es genug, Frühstück, mittags und abends. Nicht üppig, aber reichlich. Tee, so viel man wollte. Was braucht der Mensch mehr. Angst hatte ich nicht. Mein ganzes Leben habe ich nichts vom Leben erwartet. Das ist die beste Voraussetzung für ein langes Leben. Ich bin der Beweis dafür. In unserer alten Wohnung hatte ich auch ein eigenes Zimmer gehabt, aber es war ein Durchgangszimmer. Wenn ich in der Nacht aufs Klo wollte, musste ich durch das Schlafzimmer meiner Eltern schleichen. Ich bin tatsächlich geschlichen. Auf allen vieren. Hinten an ihrem Bett vorbei. Damit sie nicht aufwachen. Ich habe über mir die Füße von Mama und Papa gesehen, wie sie aus der Zudecke in die Dunkelheit ragten, riesige große Zehen an den Füßen meines Vaters, vom Mond beschienen. Die Kabine auf dem Schiff war zwar nicht geräumiger als ein

Schrank, ein kurzes, schmales Bett und ein Kasten, gerade so breit wie ein zusammengelegtes Hemdchen, und ein Brett zum Herunterklappen als Tisch, mehr nicht, aber es war für mich allein. In gewisser Weise war ich glücklich.

Mein Vater zweifelte. Er verzweifelte. Von dem Augenblick an, als er und Mama verhört worden waren, verfiel er in eine starre Panik. Das ist etwas anderes als eine Depression, es ist geradezu das Gegenteil einer Depression. Es war so, als wäre er aus der Depression aufgewacht. Als hätte ihn ein maßloser Schrecken geweckt. Er glaubte den Worten Trotzkis nicht. Diesem Mann traute er keine Humanität zu. Wenn der von Humanität spricht, davon war mein Vater überzeugt, dann kann der nur das Gegenteil meinen. Je humaner, desto grausamer. Je milder, desto bösartiger. Je versöhnlicher, desto unbarmherziger. Mein Vater dachte, wir werden deportiert. Irgendwohin. Und er dachte, wenn wir tatsächlich deportiert werden, dann ist das noch das Beste, was uns geschehen kann. Er dachte, wahrscheinlich werden wir auf die See hinausgefahren und dort erschossen und unsere Körper werden ins Wasser geworfen. Er bildete sich ein, die ganze Ausfragerei der GPU-Männer wegen Sawinkow, das sei nur ein Bluff gewesen, eine Finte. Sawinkow spiele gar keine Rolle. Die Tschekisten wollten etwas anderes wissen. Sawinkow sei nur ein Lockmittel gewesen. Die Fantasien meines Vaters waren nicht weniger wirr als die Fantasien der GPU. Paranoia erzeugt Paranoia.

Ein Jahr bevor wir Russland verlassen mussten, war nämlich der Dichter Nikolai Stepanowitsch Gumiljow erschossen worden. Ein Lyriker, mein Gott! Gibt es etwas Harmloseres als einen Lyriker? In der Skala der Harmlosigkeit liegt die Lyrik ganz vorne. Im selben Jahr war Nikolai Gumiljow von der Dichtervereinigung in Sankt Petersburg noch zum Vorsitzenden gewählt worden. Das waren doch keine Antibolschewiken! Weit davon entfernt! Vorgeworfen wurde ihm, er sei ein Offizier der sogenannten Weißen Armee. Was war das? Das waren die Überbleibsel der zaristischen Armee. Ein Phantom. Immer wieder wurde von den Bolschewiken die Gefahr einer Konterrevolution heraufbeschworen. Die lauern! Die kommen! Die boykottieren alle unsere Errungenschaften! Pure Propaganda. Rechtfertigungspropaganda. Ein bisschen einen Grund sollte es ja geben, wenn man jemanden erschießt. Es braucht diesen Grund niemand zu glauben. Aber der Form halber. Der war ein Offizier der Weißen Armee. Also ein Offizier der Feinde der Roten Armee. Man kann nicht dauernd behaupten, die lauern, die kommen, die boykottieren, und dann lauert niemand, dann kommt niemand, dann boykottiert niemand. Irgendwann und dann immer wieder muss man jemanden vorzeigen können. Also klaubt man sich jemanden heraus. Aber wenn sich herausstellt, dass der nur ein harmloser Lyriker ist, dann macht man sich lächerlich. Die Konterrevolutionäre schreiben ja nicht harmlose Lyrik, die drängen sich in die Institutionen, die kriegen es irgendwie fertig, dass sie zum Vorsitzenden des Schriftstellerverbandes gewählt werden. Und dann! Was dann? Irgendwann schlagen sie zu. Also muss man sie vorsorglich liquidieren.

Ich habe erst viel später erfahren, was die Sorge meines Vaters gewesen war. Warum er in solche Panik verfallen konnte. Er hatte Nikolai Gumiljow gekannt. Besser gekannt als Boris

Sawinkow. Mit Nikolai Gumiljow war er wirklich befreundet gewesen, eng befreundet, ebenso meine Mutter. Auch ihn hatten sie in Paris kennengelernt. Gumiljow war zur gleichen Zeit in Paris gewesen wie wir. Er hatte ein bisschen an der Sorbonne studiert. Auf den Tag genau ein Jahr bevor meine Mutter und mein Vater von der Tscheka verhört worden waren, war Nikolai Gumiljow von der Tscheka erschossen worden. Die Russen haben eine Vorliebe für Symbolik. Nein, sie sind ganz verrückt nach Symbolik. Symbolik, gleich welcher Art, demonstriert ihnen, dass sie zu Recht auf der Welt sind. Alles hat eine Bedeutung, eines verweist auf ein anderes. Das ist eine feste Grundlage für Paranoia. Die Verschwörung geht krumme Wege. Der Kampf gegen die Verschwörung muss also auch krumme Wege gehen. Oder war es einen Tag vorher? Was spielt es für eine Rolle. Wer Symbolik will, der macht sich Symbolik. Mein Vater glaubte inzwischen, die ganze Sache um Boris Sawinkow war von der Tscheka nur vorgeschoben, inszeniert. In Wirklichkeit meinten sie Nikolai Gumiljow. In diesem blassen Lyriker glaubten sie, den Kopf einer konterrevolutionären Verschwörung erkannt zu haben. Je schwächlicher einer aussah, desto stärker war er in Wahrheit. Siehe Trotzki. Je harmloser sich einer gab, desto hinterhältiger war er. Je lebensferner sich seine Gedichte anhörten, desto aufwieglerischer waren sie, gepresst voll mit verschlüsselten Botschaften. Wirrnis als strategischer Abstand zur Gegenwart? Die Tscheka, so die Angst meines Vaters, wollte ihm mit den sinnlosen, absurden Fragen betreffend Boris Sawinkow in Wahrheit eine Falle stellen, sie wollten ihn in Sicherheit wiegen, deswegen auch der durchaus freundliche Ton während des Verhörs. Als wir schon an Bord des Schiffes waren, noch in unseren Mänteln, er sagte, es rentiere sich nicht, dass wir uns einrichten, fragte er mich aus, fragte er mich wieder aus, das hatte er in den Tagen und Wochen zuvor schon getan, ich solle mich erinnern, was die Herren im Auto auf dem Rücksitz von mir wissen wollten, haarklein sollte ich mich erinnern. Da sagte ich dann, was ich eigentlich nicht sagen wollte, nämlich, dass mich einer der beiden, der Große, gefragt hatte, ob ich mich schon einmal verliebt hätte. Das war ganz unwichtig. Er hatte das gefragt, da war das Verhör, das eigentlich gar keines war, schon zu Ende, und wir waren im Begriff, aus dem Wagen auszusteigen. Ich sagte, ja, das habe ich. Und er seufzte und sagte, sein Sohn, der sei etwa gleich alt wie ich, der sei zurzeit verliebt, unglücklich verliebt, so unglücklich, dass sich seine Frau und er große Sorgen machen. Ich fragte, warum Sorgen. Und er sagte, sein Sohn sei so dünnhäutig, er nehme sich alles zu Herzen. Wie das bei mir gewesen sei. Ich sagte, auch schlimm, aber es geht. Er sagte, sein Sohn schreibe Gedichte. Ich sagte, das sei normal, wenn man verliebt ist. Ob er, als er jung war und verliebt gewesen sei, denn keine Gedichte geschrieben habe. Da hatte der Mann gelacht, wirklich lieb gelacht, und hatte gesagt, er erinnere sich nicht, und hatte Danke gesagt, ich hätte ihn beruhigt. Er war wirklich nett, er fragte, als wir ausstiegen: Na, hat's wehgetan? Er meinte das Verhör. Nein, sagte ich, es hat nicht wehgetan. Dann lachten wir alle, und der andere, der Kleine, warf mir das Pfefferminzbonbon über das Wagendach zu. Ich wollte meinem Vater davon nichts erzählen, ich wollte nicht, dass jemand weiß, dass ich in meinem Leben schon einmal verliebt gewesen war.

Es war ja auch völlig unwichtig. Aber dass wir über Gedichte gesprochen hatten, das bewirkte, dass mein Vater weiß im Gesicht wurde.

Man glaubt es nicht, aber die Geheimpolizei hatte tatsächlich eine Sonderkommission eingerichtet, die nur eines tat, nämlich Gedichte analysieren. Nein, Lyrik war auf der Skala der Harmlosigkeit nicht auf den vorderen Plätzen, Lyrik konnte alles andere als harmlos sein. Die Russen hatten seit je einen Narren an Lyrik gefressen. Wer etwas hermachen will, der schreibt Gedichte. Gedichte und Symbole. Wenn der Russe traurig ist, schreibt er ein Gedicht. Wenn er sich über etwas freut, schreibt er ein Gedicht. Und wenn er einen Aufstand plant, schreibt er ein Gedicht. Die Leute von der GPU waren der festen Überzeugung, der Klassenfeind vertreibe seine Nachrichten über Lyrik, ja, auch über Lyrik. Womöglich sogar vor allem über Lyrik! Sonst gab es ja keine Möglichkeit mehr. Die Zeitungen waren längst alle gleichgeschaltet. Öffentliche Kundgebungen waren verboten.

Eines weiß jeder Schüler: Gedichte sind mehrdeutig. In einem einzigen Wort lassen sich jede Menge Mitteilungen verstecken. Ein Jahr zuvor verhungerte in Sankt Petersburg der Dichter Alexander Blok. Er hat in der Uliza Dekabristow gewohnt, das wusste jeder in Sankt Petersburg, nicht nur die Gebildeten. Wenn die Menschen an seinem Haus vorbeigegangen sind, haben sie geschwiegen und den Kopf gesenkt und innerlich die Verse rezitiert, die sie auswendig konnten. Er war ein angesehener Mann. Nicht so angesehen allerdings, dass ihm beim Anstellen um Brot jemand den Vortritt gelassen hätte. Viele Menschen konnten seine Gedichte auswendig oder wenigstens einige Verse. ›Am Wasser, verteilt ohne Ende, / Gekleidet mit dem Sonnenuntergang lila, / Er singt und prophezeit für das Land, / Unfähig, die zerschlagenen Flügel zu heben …‹

Haben Sie eine Ahnung, was das heißen könnte? Nein, haben Sie nicht. Können Sie nicht haben. Kein Mensch versteht, was der Dichter damit meint. Und das ist verdächtig. Warum? Weil keiner dem Dichter glauben will, dass er etwas schreiben will, was niemand versteht. Warum sollte er so etwas tun? Also schreibt er sein Gedicht für wenige, die es eben doch verstehen. Und die verstehen es, weil das Gedicht in einer Art Geheimsprache verfasst ist, in deren Entschlüsselung sie eingeweiht sind. Wer aber sind diese wenigen Eingeweihten? Das nun liegt auf der Hand: Verschwörer, Konterrevolutionäre, vom Ausland gesteuerte Elemente, die die Errungenschaften der Revolution in Gefahr bringen, Feinde der Arbeiterklasse, Feinde der Partei. Jedes Wort in diesem Gedicht bedeutet etwas anderes, als man allgemein meint. ›Am Wasser‹ bedeutet also nicht ›am Wasser‹, aber was bedeutet es dann? Wofür steht ›Wasser‹? Für Auflösung. Für Waschen. Für Reinigen. Was soll aufgelöst, was soll gewaschen, was soll gereinigt werden? Bezeichnet nicht der Klassenfeind die bolschewistische Revolution als Dreck, als Schandfleck auf der Seele Russlands? Ein Schandfleck muss weggeputzt werden. Womit? Mit Wasser. ›Am Wasser‹ könnte also heißen: Da steht einer, der den Schandfleck Revolution wegputzen will. Dann wird auch deutlich, was ›verteilt ohne Ende‹ heißt. Lenin und Trotzki forderten, dass sich die Revolution über ganz Europa, über die ganzen Welt verbreiten solle – ›verteilt ohne Ende‹. Ergo kann

›Gekleidet mit dem Sonnenuntergang, lila‹ nur bedeuten: die Revolution, für die die Farbe Rot steht, wird untergehen, dem Rot entgegengesetzt ist auf dem Lichtspektrum Lila. Nun haben wir es: Die Revolution wird ›unfähig‹ sein, ›die zerschlagenen Flügel zu heben‹.

Das habe ich mir nicht ausgedacht. So weit reicht meine Fantasie nicht. Paranoia erzeugt Paranoia. Es gab in Berlin unter den Emigranten Kreise, die sich zur Aufgabe stellten, Gedichte zu analysieren, wie sie die GPU analysieren *würde*. Wohlgemerkt: Konjunktiv! Da waren gescheite Köpfe, die überlegten, was die gescheiten Köpfe in den Literaturanalyseabteilungen der GPU aus manchen Gedichten mancher Dichter herauslesen *könnten* – Konjunktiv! Und schließlich glaubten sie selber, dass genau das die GPU-Leute herausgelesen hatten – Indikativ! –, und weiter, dass auch genau das der Dichter hineingelegt hatte – ebenfalls Indikativ. Bei einem dieser Treffen in Berlin war ich dabei. Ich hatte gerade mit meinem Architekturstudium begonnen …

Ich verzettle mich. Sie müssen mich darauf aufmerksam machen. Ich wollte Ihnen nicht von Alexander Blok erzählen. Aber die Geschichte von Nikolai Gumiljow, die will ich Ihnen erzählen. Den haben die Bolschewisten erschossen. Sie redeten sich ein, er sei ein Aufhetzer, ein heimlicher Aufrührer, ein Kopf von irgendetwas gegen sie. Das haben die Spezialisten der GPU, der *Gossudarstwennoje polititscheskoje uprawlenije*, aus seinen Gedichten herausgelesen, wahrscheinlich mit den gleichen Methoden wie die, die von den Berliner Exilanten angewendet wurden, um das Gedicht von Alexander Blok zu analysieren.

Nikolai Gumiljow war zur gleichen Zeit in Paris gewesen wie wir, ich ein Baby, mein Vater Professor an der *École polytechnique*, meine Mutter Studentin der Ornithologie. Ja, auch Boris Sawinkow war wohl interessant für die GPU, interessanter für den Geheimdienst aber war – nach der neuen Einschätzung meines Vaters – Nikolai Gumiljow. Und mit ihm, im Gegensatz zu Sawinkow, war er, wie gesagt, wirklich befreundet gewesen. Warum in den Verhören der Name Gumiljow nicht ein einziges Mal gefallen war, darüber wunderte sich mein Vater nicht. Das eben seien die hinterhältigen Methoden der Tscheka, sagte er, ganz nach dem Charakter von Feliks Dzierżyński, der sie gegründet hatte und sie leitete, ein Kerzenschlecker, der in seiner Jugend Pope werden wollte, der selber meinte, er könne gar keinen Charakter haben, denn er sei nur Diener, ganz Diener, erst Diener Gottes, dann Diener des Volkes.

Ich hatte mich gewundert, woher wir in der Hungerszeit immer, zwar nicht viel, aber genug zu essen hatten, kein einziges Mal hatte ich mich in einer Schlange um Brot anstellen müssen. Und wieder hat mein Vater, natürlich erst im sicheren Berliner Exil – das er ganz und gar nicht für sicher hielt –, in Andeutungen gesprochen, lediglich in Andeutungen. Meine Mutter wurde deutlicher. Nikolai Gumiljow stammte aus einer wohlhabenden Familie, sein Vater war Arzt, seine Mutter hatte ein Familienerbe im Hintergrund, als junger Mann vor der Revolution war er um die halbe Welt gereist, das hatte er sich leisten können. Irgendetwas war in Paris vorgefallen, was unserer Familie die Dankbarkeit dieses Mannes sicherte. Erst kurz vor ihrem Tod erzählte es mir meine Mutter. Nikolai

Gumiljow war es, der uns in der Hungerzeit mit dem Notwendigsten versorgt hatte.

Als wir das Schiff betraten, bat mein Vater meine Mutter und mich, dass wir uns nahe zu ihm stellen, wir sollten einander umarmen. Sie nahmen mich zwischen sich, ich stand mit dem Rücken zu ihm, mit dem Bauch zu ihr, umarmte meine Mutter, er uns beide. Er sprach ein Gebet – auf Hebräisch, ich wusste gar nicht, dass er Hebräisch konnte, unser Judentum war nie ein Thema gewesen –, segnete uns und verabschiedete sich von uns, und wir sollten uns von ihm und voneinander verabschieden. Tatsächlich erfuhren wir am selben Abend, da waren wir schon auf offener See, dass sich ein Ehepaar an Bord mit Gift gemeinsam das Leben genommen habe. Wir hatten mit den beiden ja noch gesprochen, kleine Menschen mit dicken Schals um den Hals.

Sie können sich das nicht vorstellen, wie es ist, wenn alles, was geschieht, auf wenigstens zwei Arten gedeutet werden kann. Wenn bei allem der Verdacht besteht, dass es nicht so ist, wie es scheint. Dass alles Inszenierung sein könnte. Aber wir wissen nicht zu welchem Zweck und zu welchem Ziel …«

Es war Nacht geworden.

Diesmal war ich es, der darum bat, die Sitzung zu beenden.

»Ich bin müde«, sagte ich.

Frau Perleman-Jacob nickte nur.

Fünftes Kapitel

»Ich habe Sie gestern überfordert. Das tut mir leid. Es ist schön, eine verlorene Zeit wiedererstehen zu lassen, und dann verliere ich mich in ihr. Sogar, wenn sie schrecklich war. Besonders, wenn sie schrecklich war. Das Gefühl, überlebt zu haben, ist schöner als das bloße Gefühl zu leben. Ich möchte ein paar Jahre vorausspringen. Wenn Sie gestatten. Zehn Jahre voraus. Nach Berlin. Von Berlin habe ich ja schon ein wenig erzählt oder angedeutet. Berlin 1932. Ich war zwanzig Jahre alt, vierundzwanzig, richtig gezählt. Es soll nur ein Intermezzo werden. Eine Geschichte in der Geschichte, sozusagen. Dann kehre ich wieder zu unserer Chronologie zurück. Es geht darum, etwas zu erklären. Etwas, was ich damals erklärt bekommen hatte. Meine Mutter hat mir erklärt. Sie meinte, keine gute Mutter gewesen zu sein, weil sie sich ein Leben lang vor mir verschlossen habe, und wollte es gutmachen, indem sie ohne Geheimnis in den Tod geht.

Sie hatte ein Verhältnis mit Nikolai Gumiljow. In Paris. Sie war zweiundzwanzig gewesen, er ein Jahr älter. Er war gerade aus Abessinien gekommen. Wie das gewesen war zwischen den beiden, was sie füreinander empfunden hatten – erwarten Sie sich keine Lovestory. Für die Lovestorys anderer Menschen bin ich nicht zuständig, auch nicht für die meiner

Mutter. Sie hatte gestaunt darüber, dass ein so gutaussehender Mann wie Nikolai Gumiljow an ihr interessiert war. Sie selbst hielt sich für hässlich. Was sie nicht war. Nicht schön, aber eine erotische Frau. Oft sind ja gerade die Schönen nicht erotisch. Da kann es sein, dass man mit einer ausgemacht Schönen eine Stunde lang an einem Tisch sitzt und Tee trinkt, und dann trifft man sie eine halbe Stunde später auf der Straße und erkennt sie nicht wieder und sieht nur eine ausgemacht Schöne, irgendeine. So eine war meine Mutter nicht. Ich glaube, sie wäre bereit gewesen, meinen Vater und ihr Baby – mich – zu verlassen. Ich habe sie danach gefragt, ob es so war. Sie hat nicht geantwortet. Also ja. Ziemlich ja. Aber Nikolai wollte das nicht. Er war mit meinem Vater befreundet, mein Vater hatte ihn mit nach Hause gebracht, Nikolai wollte unsere Familie nicht zerstören. Meine Mutter war schwanger von Nikolai. Sie wusste, dass sie von ihm schwanger war. Seit sie sich in ihn verliebt hatte, hatte sie mit meinem Vater nicht mehr geschlechtlich verkehrt. Das hat sie mir alles erzählt. In diesen Worten. In Berlin. Wenige Tage vor ihrem Tod. Mein Vater wisse, dass sie mir das alles erzähle, sagte sie. Er sei damit einverstanden.

Nikolai und mein Vater organisierten eine Abtreibung. Die drei haben offen miteinander darüber gesprochen. Schließlich hat sich meine Mutter darum beworben, an einer Expedition in Nordnorwegen teilzunehmen. Die Formel lautete: um Abstand zu gewinnen. Mein Vater und Nikolai, vor allem wohl Nikolai, haben ihre Verbindungen spielen lassen, wie man so sagt. Wie sie dazu gesagt haben. Die beiden Herren haben über meine Mutter entschieden. Sie bekam eine

Assistentenstelle bei Professor Buturlin. Und Nikolai ist bei uns eingezogen. Da denkt man, das kann nicht sein. Es sei aber so gewesen, es war so. Erzählte mir meine Mutter. Und mein Vater sei glücklich gewesen, dass der Liebhaber seiner Frau zu ihm zog. Weil er so einsam war. Ein Mann mit Heimweh. Nikolai hatte kein Heimweh. Er war viel herumgekommen, war zweimal in Afrika gewesen, Ägypten, Sudan, Tunesien, in Italien war er gewesen, in Spanien, Österreich, in der Türkei. Und war erst so jung. Ein junger, reicher Mann, der ein bisschen studierte. Obwohl mein Vater doppelt so alt war wie er, war es doch Nikolai, der sich nun um ihn kümmerte, nicht umgekehrt. Nikolai tröstete meinen Vater. Er hat ihn über die Tatsache hinweggetröstet, dass er – er! – der Geliebte seiner Frau gewesen war. Mein Vater warf ihm das nicht vor. Nikolai war Russland, Russland in Paris, und mein Vater hatte Heimweh. Alle hatten sie Heimweh auf dem Russki Montparnasse, wo sie sich ihre Finger an den Teegläsern verbrannten. Nur Nikolai hatte kein Heimweh. Seine Heimat, sagte er, sei die Dichtung. Wenn er einen Bleistift habe und einen Fetzen Papier, dann sei er zu Hause. Ich kann das gut verstehen, mir ging es lange ähnlich mit meinem Tagebuch.

Viele trafen sich in unserer Wohnung. Jeden Abend. Mein Vater war nie ein geselliger Mensch gewesen, in Paris wurde er einer. Aus der Not heraus. Da traf er eben auch mit Boris Sawinkow zusammen. Und Nikolai las aus seinen Gedichten vor. Er war ein Avantgardist. Aber das waren so gut wie alle. Sogar Tolstoi wurde von manchen als Avantgardist bezeichnet. Ein christlicher Anarchist. Tolstoianismus. Damals war das so, wenn sich zwei oder drei im Namen der Poesie und der

Kunst, auch der Musik und der Architektur, versammelten, dann gründeten sie eine Schule. Einen Ismus. In Italien waren es die Futuristen, in der Schweiz die Dadaisten. In Russland wurde zu dieser Zeit fast jeden Monat eine neue Bewegung gegründet. Und alle waren Avantgardisten. Und jeder brachte eine Zeitschrift heraus. Da war der Neoprimitivismus, das waren Maler, die sich gezielt und in voller Absicht an untalentierten Dilettanten orientierten, die sprachen auf der Straße Leute an, drückten ihnen einen Stift und ein Blatt Papier in die Hand und ein Buch als Unterlage und sagten, sie sollen ein Selbstportrait zeichnen oder eine Szene, ein Bär kämpft gegen einen Menschen oder etwas Ähnliches, und das haben sie dann als Grundlage für die eigene Kunst genommen. Oder die Konstruktivisten und der Suprematismus, Malewitsch zum Beispiel, der absolute Endpunkt der Kunst, der absolute Nullpunkt, das schwarze Quadrat. Ich habe immer bedauert, dass ich zu spät geboren wurde. Ich hätte gern mitgemischt. Aber wer weiß, vielleicht hätte ich diese Zeit nicht überlebt. 1920, also zwei Jahre bevor wir gehen mussten, wurde das *Institut Chudoschestwennoy Kultury*, das Institut für künstlerische Kultur, gegründet, ich glaube sogar, von Kandinsky. Da waren auch Architekten beteiligt, die ich mir später zum Vorbild nahm, Alexander Wesnin, wenn ich nur einen nennen möchte, und seine Brüder Leonid und Wiktor. Ihre Anfangsarbeiten habe ich sehr geschätzt, später haben sie sich Stalin angebiedert und unterworfen und grässlichen Protzkitsch gebaut. Aber ich will nicht richten. Oder Moissei Ginsburg. Mit ihm habe ich tatsächlich zusammengearbeitet. Er hat sich erfolgreich und tränenreich durch die Dreißigerjahre gequetscht.

Das waren Architekten-Künstler, nicht einfach Häuserbauer. Der Gedanke, dass sich alle Künste aus einer Quelle speisen, das war der Gedanke! Ein Dichter ist zugleich ein Maler, ein Architekt, ein Komponist, alles. Wenn einer etwas kann, kann er alles. Eigentlich: Wenn einer etwas will, kann er alles wollen. Wer will, der kann. Der Wille zur Kunst sucht sich die Form. Es gab zu viele Künstler in Europa, die eine Form beherrschten, aber keinen Willen zur Kunst hatten. Die ewigen Epigonen mit ihren ewig gleichen müden Werken, die sich nur dadurch unterschieden, dass sie immer sauberer die ewig gleiche müde Form variierten. So dachte auch Nikolai Gumiljow. Er war der Begründer des Akmeismus. Fragen Sie mich bitte nicht, was genau darunter zu verstehen ist. Die Sprache in die Nähe des Seins rücken! So lautete die Parole. Aber was heißt wiederum das? Ich denke, das sollte heißen: Wir sind da. Genauso wie der sogenannte Kubofuturismus, der Projektionismus, der Kosmismus, der Rayonismus und so weiter nichts anderes bedeuten sollten als: Seht her, wir sind da! Andere wieder behaupteten, gerade die Dichter des Akmeismus seien Neoklassiker, also dass sie auf den alten Formen herumreiten. Ich weiß es nicht. Jeder war gegen jeden, jeder warf jedem vor, er sei nicht zeitgemäß. Man wollte unbedingt modern sein. Und manche meinten eben, modern sei in dieser Zeit eine Rückkehr zum Alten. Es war verwirrend. Später sagte man, das war das silberne Zeitalter der russischen Dichtung.

Im Pariser Exil – das ja für meinen Vater und Nikolai gar kein Exil war, mein Vater hatte einen Lehrauftrag, Nikolai war, was man heute einen Touristen nennt – trafen sich russische Künstler und Dichter und Architekten und Philosophen und diskutierten. Ich weiß nicht, ob Frauen dabei waren. Nikolai kehrte bald nach Russland zurück und heiratete die später sehr bekannte Lyrikerin Anna Achmatowa. Meine Mutter behauptete, er habe sie aus Gram geheiratet. Und der Grund für diesen Gram sei sie gewesen. Weil er sie hätte bekommen können, sie aber nicht bekommen wollte, weil ihm die Freundschaft zu meinem Vater über alles ging. Gram und schlechtes Gewissen. Und deshalb habe Nikolai dafür gesorgt, dass wir immer genug zu essen hatten. In Sankt Petersburg pflegten meine Eltern mit ihm keinen Kontakt mehr. Das hatten sie so verabredet. Entweder alles oder nichts. Das war die Devise der Zeit. Bis hinein ins Private. Bis hinein in die Liebesverwicklungen dreier Menschen. Alles oder nichts. Sie hatten sich für ›nichts‹ entschieden. Also kein Kontakt mehr.

Eine letzte Nacht in Paris habe mein Vater ihnen beiden spendiert – so salopp habe er sich ausgedrückt, erzählte mir meine Mutter, so salopp sei die Beziehung zwischen ihnen dreien gewesen. In Paris sei mein Vater ein anderer Mensch gewesen, es wäre besser gewesen, sagte meine Mutter, sie hätten Paris nie verlassen, Nikolai nicht, sie nicht, mein Vater nicht. Sie war sich sicher, an ihrer Ménage-à-trois hätte sich nichts geändert. Weder mein Vater noch Nikolai würden vor sie hintreten und verlangen, entweder er oder ich. Sie liebten sich alle drei. Und sie waren glücklich. Ob man das glauben soll? Wenn man zurückschaut und sagt, ach, hätte ich damals nur, dann neigt man dazu, die verpasste Möglichkeit schöner auszumalen, als sie vermutlich gewesen sein würde. Aber gut, wenn sie in Paris geblieben wären, hätte Nikolai mit nur ein bisschen Glück länger gelebt, wissen tut man es nicht, es hätte ihm ja auf den Champs-Élysées ein Ast auf den Kopf fallen können, erschossen hätte ihn wohl niemand, und meine Eltern und ich wären nicht aus Russland vertrieben worden und hätten nicht so viel Angst zu haben brauchen, mein Vater wäre an Heimweh eingegangen, und ich wäre in Paris Le Corbusier begegnet. Warum spekulieren! Was war, das war, was gewesen ist, ist gewesen, was geworden ist, das ist geworden. Copyright meine Mutter, immer, wenn mein Vater geseufzt hat, und er hat in Berlin oft geseufzt.

Eine letzte Nacht hat mein Vater den beiden spendiert. In der Wohnung in Paris, die er bezahlt hat, in der Rue Chaptal. Er ist für diese Nacht in ein Hotel gezogen. Er habe sie nie gefragt, wie es gewesen sei, erzählte mir meine Mutter, dazu sei er ein zu vornehmer Mann. Zum Frühstück nachmittags um zwei sei er zu den beiden Liebenden in die Wohnung zurückgekehrt, mit Weißbrot, Wein, Schinken und Käse, sie hätten zu dritt geschlemmt, und dann haben sich mein Vater und meine Mutter von Nikolai verabschiedet. Mich habe Nikolai fest an sich gedrückt, natürlich erinnere ich mich nicht. Er habe mich geliebt wie eine eigene Tochter, versicherte mir meine Mutter. Sie fürchtete, ich könnte ihre Dreiecksbeziehung verurteilen und Nikolai die Schuld geben, und wollte ihn deshalb vor mir besonders liebenswert herausstreichen. Wäre nicht nötig gewesen. Wie gesagt, in die Beziehungen anderer Menschen mische ich mich nicht ein und habe es nie getan, auch nicht in die Liebesbeziehungen meiner Eltern. Wir kehrten nach Sankt Petersburg zurück, und dort trafen sich meine Eltern nicht mehr mit Nikolai. Die drei wollten über ihre Gefühle bestimmen und sich nicht ihnen ausliefern.

Aber als dann die Stadt hungerte, sorgte Nikolai dafür, dass wir immer etwas zu essen hatten. Immer der gleiche Mann kam vorbei und brachte etwas. Er sagte nichts. Sagte nicht, wer ihn schickte. Meine Mutter und mein Vater wussten es ohnehin. Sie wagten es nicht einmal, sich zu bedanken. Weder bei Nikolai noch bei dem Mann, nicht einmal Grüße richteten sie aus. Kartoffeln, Eier, manchmal Fleisch, manchmal Fisch, Mehl, Zucker, Milch, Wein, Bier, Wodka, Tabak. Das ging sogar weiter, als Nikolai schon nicht mehr lebte. Wahrscheinlich wusste nicht einmal der Mann, der uns die guten Dinge brachte, dass er nicht mehr lebte. Oder er wusste es, wusste auch, dass er erschossen worden war, und traute sich nicht, irgendetwas zu ändern. Am besten, man tut wie immer. Änderungen machen auf sich aufmerksam.

Meine Eltern jedenfalls wussten nicht, dass Nikolai Gumiljow erschossen worden war. Je mehr Leute erschossen wurden, desto weniger wurde darüber gesprochen. Als würde der, der darüber spricht, damit selbst dem Erschießen näher rücken. Wenn da einer kommt und sagt: He, du, weißt du schon, dass Nikolai Stepanowitsch Gumiljow, der Dichter, erschossen wurde? Der war doch mit dir befreundet. Dann könnte das in den Ohren eines Spitzels heißen: Wer so mit dir redet, der kann nur ein Freund von dir sein, sonst würde er ja nicht so mit dir reden, also ist er mit einem Freund eines Mannes befreundet, der erschossen wurde. Die Russen sind Meister im Um-die-Ecke-Denken. Das hat niemand riskiert. Deshalb wussten meine Eltern nicht, dass Nikolai erschossen worden war. In Wsewoloschsk sei er erschossen worden, hat man später erfahren. Das lag außerhalb von Petrograd.

Dort hatte er gewohnt. Ein Landgut, wenn ich richtig informiert bin. Davon hat er gelebt in der Zeit des Hungers. Und wir auch. Die kamen am hellen Tag zu ihm nach Hause, haben an die Tür geklopft, er öffnet, sie schießen. Meine Eltern erfuhren es, exakt einen Tag bevor die beiden Herren von der Tscheka bei uns anklopften und sie zum Verhör abholten. Exakt einen Tag vorher erfuhren sie, dass ihr Freund vor exakt einem Jahr erschossen worden war. Und wer hat es ihnen gesagt? Aufgepasst! Irgendjemand. Irgendjemand mitten auf der Straße. Jemand, den sie nicht kannten, den sie nie gesehen hatten. He, Sie, Herr Professor, warten Sie, bleiben Sie stehen, Sie wissen schon, dass der Dichter Gumiljow nicht mehr lebt, oder? Was? Ja, er wurde erschossen. Wann? Vor einem Jahr. Vor einem Jahr! Ja, genau auf den Tag vor einem Jahr. Das sagte irgendjemand auf der Straße zu meinem Vater. Und war schon in der Menge verschwunden. Und dann am nächsten Tag werden mein Vater und meine Mutter zum Verhör abgeholt. Das soll ein Zufall sein? Das konnte kein Zufall sein. Und dass bei diesem Verhör der Name Nikolai Stepanowitsch Gumiljow nicht ein einziges Mal genannt wurde, dass stattdessen so getan wurde, als interessiere man sich nur für Boris Sawinkow, über den die Tscheka ohnehin alles wusste, was es zu wissen gab, das hatte durchaus etwas zu bedeuten. Das hatte Methode! Die Russen sind Meister im Um-die-Ecke-Denken und die Agenten der Geheimpolizei sind die Großmeister.

Ich habe mich auf unser heutiges Gespräch vorbereitet. Auch, damit ich Sie nicht wieder überfordere. Bitte, lesen Sie das!«

Sie reichte mir eine Faltmappe aus Karton, die von einer dünnen roten Kordel zusammengehalten war. Darin befanden sich zwei Blätter, ein vergilbtes altes aus geschöpftem Bütten und ein Schreibmaschinenblatt. Auf dem alten war in kyrillischer Handschrift, auf dem neuen in Schreibmaschinenschrift und auf Deutsch ein Gedicht zu lesen.

Der Sturm

Wie stark dieser Wind ist, ganz ohne Flügel!
Der Sonnenuntergang gleich einer zerplatzten Melone.

Und diese träge rollenden Wolken
Möchte ich anschieben ein wenig doch.

In diesen langsam laufenden Nächten
Fährt der Kutscher die Pferde

Am Wasser reißen Fischer mit stärkerem Ruder
Und Förster hacken wie wild

Auf riesige, lockige Eichen ein …
Wem aber vom Schicksal

Universelles gegeben und in wem vereint alle
Rhythmen des vergangenen und jetzigen Hauses

Der verfasst geflügelte Verse
Den inneren Traum der Elemente zu enthüllen.

»Dieses Gedicht hat Nikolai Gumiljow für meine Mutter geschrieben.

Sehen Sie, unten auf dem handgeschriebenen Blatt die Widmung. ›Für Mascha.‹ Mascha und Mischa. Mischa war mein Vater, Mascha meine Mutter. Maria und Michael. Und das Verflixte ist: Der zweite Buchstabe ist nicht deutlich geschrieben. Es ist nicht sehr wahrscheinlich, aber es könnte auch heißen: ›Für Mischa.‹ Ich denke, es ist für beide geschrieben.

Ich habe das Gedicht irgendwann übersetzen lassen, aber ich erinnere mich nicht mehr. Nach ihrem Tod – ich muss mich bis heute zusammenreißen, wenn ich sage: nach dem gemeinsamen … Abschiednehmen … meiner Eltern –, da habe ich es unter den Sachen meiner Mutter gefunden. Sie hatte es ins Futter ihres Mantels eingenäht. Den Mantel hatte sie getragen, als wir auf das Schiff gebracht wurden. Ich kann es kaum glauben, es ist aber sehr wahrscheinlich, dass sie die halbe Stunde, die uns noch erlaubt war, verwendet hat, um das Futter aufzutrennen und wieder zu vernähen. Wenn es so gewesen ist, dann bedeutet das wohl, dieses Gedicht war ihr mehr wert als alles andere.

Lesen Sie es noch einmal durch, und dann sagen Sie mir, ob Sie auch nur irgendetwas verstehen. Nein, Sie verstehen nichts. Ist es ein Liebesgedicht? Ist es ein politisches Gedicht? Hat es überhaupt etwas zu bedeuten? Die Sprache in die Nähe des Seins rücken …

Nachdem sie nicht mehr waren, meine Eltern, verlor ich jedes Interesse an den Russen in Berlin. An den Russen im Allgemeinen. Ich lernte so schnell wie möglich Deutsch. Ich konnte Deutsch durch meine Mutter, aber nur wenig, mit ihren Großeltern hatte sie nur Deutsch gesprochen, aber die kannte ich ja nicht, die waren längst hinüber. Wenn ich Russisch auch nur hörte, wurde es mir schlecht.

Kotzschlecht!

Ich habe die Russen gemieden. Selbstverständlich habe ich auch nicht mehr diesen Literaturkreis aufgesucht, von dem ich Ihnen erzählt habe. Heute wäre ich neugierig, wie dort das Gedicht von Nikolai Gumiljow analysiert worden wäre. Man versteht es nicht? Aha. Dann ist es wahrscheinlich ein politisches Gedicht. Eines mit einer versteckten Botschaft. Wahrscheinlich einer konterrevolutionären Botschaft. Ab mit ihm! Weg mit ihm!

Ich überlasse es Ihnen, das Gedicht zu interpretieren, sei es auf ähnliche Weise, wie ich es Ihnen an dem Gedicht von Alexander Blok demonstriert habe. Wenn Ihnen allerdings eine andere Interpretation gelingt, eine, die nahelegt, dass es sich doch um ein Liebesgedicht handelt, dann würden Sie einer sehr alten Frau eine sehr große Freude machen.«

Sechstes Kapitel

Die Monografie ist betitelt mit: »Die Großmeisterin. Leben und Werk der Architektin Anouk Perleman-Jacob«. Geschrieben haben das Buch Herta und Ludwig Wolfram, es umfasst 250 Seiten, gut die Hälfte davon sind Fotografien, die meisten zeigen Gebäude und Inneneinrichtungen, nur auf wenigen ist die Protagonistin zu sehen. Ich hatte das Buch am späten Vormittag in der Buchhandlung abgeholt und gerade genug Zeit gehabt, um darin zu blättern, stieß aber auf eine Stelle, die mich aufmerken ließ. Da wurde berichtet, dass Frau Perleman-Jacob 1957 in die Kommunistische Partei Österreichs KPÖ eingetreten sei. Das sei ihre Reaktion darauf gewesen, dass Nikita Chruschtschow ein Jahr zuvor auf dem XX. Parteitag der KPdSU Stalin einen Verbrecher genannt hatte. Kein weiterer Kommentar. Was ich für sonderbar hielt nach allem, was Frau Perleman-Jacob mir erzählt hatte. Sonderbar einmal schon die Mitgliedschaft in jener Parteifamilie, die sie und ihre Eltern aus ihrer Heimat vertrieben hatte – ein so Guter war Chruschtschow auch wieder nicht, immerhin hatte er ein Jahr zuvor der Roten Armee Befehl gegeben, in Ungarn einzumarschieren –, weiters unerklärlich, dass die Biografen nichts dazu zu sagen wussten. Offenbar hatten sie nicht nachgefragt. Es wurde nur noch erwähnt, dass die Architektin 1968 nach der Niederschlagung des Prager Frühlings aus der KPÖ ausgetreten sei. Wieder ohne Kommentar. Darauf würde ich Frau Perleman-Jacob ansprechen müssen. Aber erst, nachdem ich die Monografie ganz gelesen hatte. Auch war ich noch nicht dazugekommen, mir Gedanken zu dem Gedicht von Nikolai Gumiljow zu machen. Das wollte ich nicht so obenhin.

»Mitten auf dem Finnischen Meerbusen, bereits nach einem Tag Fahrt«, schloss Frau Perleman-Jacob an ihre Erzählung vom Vortag an, »blieb das Schiff stehen. Kein Wind, kein Geräusch. Kein Land ringsum zu sehen. Wir waren uns selbst überlassen. So sah es aus. Niemand kam, der uns eine Erklärung gegeben hätte. Zuerst blieben wir alle in unseren Kabinen, ich bei Mama und Papa. Sie hatten mich zu sich geholt. Niemand wagte es, auf den Flur zu treten, auf diesen langen Korridor, von dem die Kabinen abgingen. Wir warteten. Es empört mich geradezu, dass es für ›warten‹ nur dieses eine Wort gibt. Als ob ›warten auf den nächsten Zug‹ und ›warten auf den Tod‹ ein und dasselbe wären. Gefasst waren wir, dass etwas geschähe, etwas anderes als am Tag zuvor, als das Schiff noch in Bewegung war. Wenn sich etwas verändert, verändert sich alles. Der Speisesaal war am Ende des Korridors, er schloss den Korridor auf unserer Seite ab. Zu den Mahlzeiten ertönte eine Klingel. Auf einem Tisch in der Mitte stand die Ernährung bereit. Ich erinnere mich an Kartoffelgerichte, zu trinken Wasser und wenig Wein. Wer das Essen für uns zubereitete, wussten wir nicht, wer es servierte, wussten wir nicht. Es war uns befohlen worden, zu bestimmten Zeiten unsere Kabinen nicht zu verlassen, vor und nach dem Frühstück, dem

Mittagessen, dem Abendbrot. Ansonsten durften wir uns frei bewegen. Wir hätten einer den anderen besuchen dürfen. Taten wir aber nicht. Und wenn einer dem anderen zufällig auf dem Korridor begegnete, wurden die Köpfe gesenkt. Was wusste denn einer vom anderen? Nichts. Das Nichts ist das weiteste Spielfeld für die Spekulation. Das Gerücht liebt das Nichts. Angst und Gerücht, das sind zwei Halunken. Wenn die sich zusammentun, das wird eine Verheerung. Der Speisesaal war sehr groß, über hundert Menschen hätten an den Tischen Platz gefunden. Einfache Holztische, Holzbänke. Stahlbesteck. Steingutteller, Steingutbecher. Zwei große Samoware, Teegläser. Und jede Menge Handtücher. Alle Türen, die nicht in den Gang abgingen, waren verschlossen. Wir waren nur zehn. Ich das einzige Kind. Die meisten Paare. Alle in ihren Mänteln. Dabei war es gar nicht kalt. Auch mein Vater trug die ganze Zeit seinen Mantel. Auch meine Mutter. Sie hatte darin immerhin einen Schatz eingenäht. Alle setzten sich so weit wie möglich voneinander entfernt. Nur ein Herr saß allein. Er war der Jüngste. Kein Wort wurde gesprochen. Ich sah jedem Einzelnen an, dass er mit allem rechnete. Das meinte den Tod. Wenn man von allem spricht, kann nur entweder das Leben oder der Tod gemeint sein. Man sagt alles und meint nur zwei Dinge.

Irgendwann, ich denke, es war der zweite Tag, seit das Schiff stillstand – wenn nichts geschieht, verschwimmt die Erinnerung –, trat einer der Herren an unseren Tisch. Er kannte meinen Vater.

Was meinen Sie, Herr Professor Jacob?, sagte er.

Mein Vater, ohne ihn anzusehen, antwortete: Ich habe schon lange keine Meinung mehr, zu gar nichts.

Dann geht es Ihnen wie uns allen, sagte der Herr.

Er zögerte, bekam aber kein weiteres Wort.

Ich denke, er hatte dafür Verständnis. Keiner traute dem anderen. Warum stand das Schiff still? Weil man sich Zeit lassen wollte? Wofür? Weil man etwas herauskriegen wollte, bevor man in einem Hafen anlegte? Was wollte man herauskriegen? Und in welchem Hafen würde angelegt werden? Wohin ging die Reise? Das war uns nicht mitgeteilt worden. War es überhaupt eine Reise? War ein Spitzel eingeschleust worden? Der uns aushorchen sollte? Wer war der Spitzel? Jeder konnte es sein. Sogar ich, ja, sogar ich. Ich dachte, sogar ich könnte der Spitzel sein. Ich könnte der Spitzel sein, ohne dass ich selbst es weiß. Ich konnte mir vorstellen, die anderen dachten ähnlich.

Auffällig war, dass im Schrank jeder Kabine hohe Stapel mit Decken deponiert waren, so viele Decken, jedenfalls in meiner Kabine, dass ich keinen Platz für meine Sachen fand. Dicke, schwere, warme Decken. Ich fragte meine Eltern, was sie davon hielten. Mein Vater antwortete nun auch mir: Er halte schon lange nichts mehr von was auch immer. Obwohl es gar nicht kalt war, es war Ende August, laue Nächte sogar, trotzdem sah ich meine Eltern nebeneinander auf ihrem Bett sitzen, über ihren Köpfen und Schultern und Armen je eine Decke, wie Nonnen sahen sie aus, Mama, Papa, dunkelbraune Nonnen. Sie bereiteten sich aufs Sterben vor. Der Tod, sagte man, sei kein Problem, das Problem sei das Sterben. Der Tod sei einfach, das Sterben hingegen sei vielfältig, und es könne sehr wehtun. Ich hatte gehört, das war noch in Sankt Petersburg, da sagte einer: Wirst sehen, die einfache Kugel wird irgendwann noch heiliggesprochen. Weil sie barmherzig sei, meinte er. Ich glaubte nicht ans Sterben. Jedenfalls nicht, dass es in den nächsten Tagen geschähe. Auch nicht in den nächsten Wochen und Monaten. Was den Tod betraf, hatte ich keine Fantasie. Entweder man lebt, oder man ist tot.

Meine Eltern sahen aus, als wollten sie den Mördern einen Vorschlag machen: Seht her, wir sind schon tot, es lohnt sich die Mühe nicht! Einen ganzen Tag lang ließ ich mich nicht bei ihnen blicken und die folgende Nacht auch nicht und den halben folgenden Tag auch nicht. Sie nahmen an den Mahlzeiten nicht mehr teil. Das Schiff stand still. Sie blieben in ihrer Kabine. Sie vermissten mich nicht, sie schauten nicht nach mir, Vater nicht, Mutter nicht. Als hätten sie nichts mit mir zu tun. Ein Toter kennt niemanden mehr.

Ha, ich muss lachen! Wissen Sie, warum ich lachen muss? Das passt jetzt überhaupt nicht hierher, ich will es Ihnen trotzdem erzählen. Und es ist lustig. Das war Ende der Sechzigerjahre, da hielt ich mich in den USA auf, nicht in einer der Metropolen, sondern in der texanischen Stadt mit dem ehrfurchtheischenden Namen Corpus Christi. Ich war eingeladen, an der Universität Workshops abzuhalten. Keine Vorträge, Theorie interessiere niemanden, in einer Theorie könne der Mensch nicht sein Lager aufschlagen, mit den Studenten basteln sollte ich. Basteln! Wir bauten aus weißem Karton Wohnungen, Häuser, Hochhäuser, ganze Stadtteile. Minutiös! Stufen aus zwei Millimeter breiten Streifen! Fenster mit Sprossen aus einem weißen Nähfaden, den wir in Leim tunkten. Das war sehr lustig. Und animierend. Ich habe mindestens so viel dabei gelernt wie meine Studenten. Die *Texas A&M*

University-Corpus Christi bezahlte gut, besser als die Universitäten in New York oder Los Angeles. Die Texaner hatten viel Geld und wenig Renommee, sie wollten mit *Money* wettmachen, was ihnen an Ruf mangelte. Mir war es recht. Der Campus lag auf einer Insel vor der Stadt, oder einer Halbinsel, vor der Oso Bay. Von weitem hat er ausgesehen wie ein Gefängnis. Wie Alcatraz. Die Studenten waren sehr freundlich zu mir, sie behandelten mich wie eine der Ihren. Obwohl ich schon fast sechzig war. Ich hätte ihre *Grandma* sein können. Mehr noch, sie sorgten sich um mich, kauften für mich ein, überraschten mich. Besorgten mir eine Putzfrau. Sie mochten mich. Sie luden mich ins Kino ein. In den Film ›Night of the Living Dead‹. Der Film war eine Sensation damals. Angeblich der erste Zombiefilm. Ich habe mich fast zu Tode gefürchtet. Die Anfangsszene, als die beiden, ich glaube, es sind Bruder und Schwester, auf dem Friedhof sind, weil sie das Grab ihrer Tante besuchen wollen, und im Hintergrund sehen wir eine Figur neben den Grabsteinen umherwanken. Die Zombies bedrohen ein Haus, in dem haben sich Leute verschanzt, unter anderem im Keller ein Mann und eine Frau zusammen mit ihrer Tochter, die ist so etwa vierzehn Jahre alt, so alt wie ich auf dem Schiff. Das weiß man ja, das heißt, nach dem Film wusste ich es, dass die Zombies die Menschen töten und auffressen. Und wenn einer tot ist und nicht aufgefressen wird, dann verwandelt er sich selbst in einen Zombie. Haben Sie den Film gesehen? Ein berühmter Film angeblich. Wenn einer einmal tot ist, gehört er nicht mehr zu den Menschen. Er ist etwas anderes. Er hat keine Erinnerung und kein Erbarmen. Das Kind wird getötet und aufersteht als Zombie und macht sich über seine Mutter her. Die freut sich erst, dass ihre Tochter noch lebt, dann merkt sie, dass sie eine Untote geworden ist. Grauenhaft! Aber sehr spannend. Meine Studenten sagten, wenn es mir zu grausig wird, dann verlassen sie mit mir gemeinsam das Kino, sie hatten den Film schon x-mal gesehen. Mich haben die Zombies an meine Eltern auf dem Schiff erinnert. Ich habe das Kino nicht verlassen, ich bin tapfer gewesen, aber der Film hat mich verstört. Nicht der Film, sondern die Erinnerung an meine Eltern auf dem Schiff in den ersten Tagen, als wir mitten auf dem Finnischen Meerbusen schwammen, kein Motorengeräusch, kein Wind, zehn Menschen auf einem Luxusdampfer, auf dem gemütlich zweitausend Platz gehabt hätten. Wie sie auf ihrem Bett saßen, die Decken über dem Kopf, und mich anglotzten, wenn ich ihre Kabine betrat. Wie Tote, die noch nicht wissen, dass sie tot sind. Die sich aber in jedem Augenblick in Zombies verwandeln können. Ich war so verstört nach dem Film, dass ich einen Tag lang nicht die Universität besuchte. Aber in meiner Wohnung konnte ich auch nicht bleiben, das hielt ich nicht aus. Eine schöne Wohnung, geschmackvoll eingerichtet mit allem Drum und Dran, hell, freundlich mit Blick aufs Meer. Ich hielt es nicht aus. Ich ging spazieren. Wanderte. Wie eine Wiedergängerin. Sechs Stunden. Um die Oso Bay herum. Kapuze über dem Kopf, Sonnenbrille über den Augen. Warum? Damit mich keiner erkennt. Wer um Himmels willen sollte mich erkennen? Ich spreche nicht von meinen Studenten. Ich wäre froh gewesen, wenn ich einem von ihnen begegnet wäre. Die Angst, die ich als vierzehnjähriges Mädchen auf dem Schiff hätte haben sollen, die war auf einmal da. Die hatte sich versteckt in all den Jahren. Und durch diesen Film war sie herausgelockt worden. Zwei Männer kamen mir am Kai entgegen, beide mit der gleichen Aktentasche unter dem Arm, das fiel mir auf und war mir verdächtig. Ich sah, wie sie ihren Kopf ruckten, um mir einen Blick zuzuwerfen, gleich schauten sie wieder geradeaus. Tausend harmlose Geschichten hätten einem dazu einfallen können. Wahrscheinlich würden sie schon nach zehn Schritten die Frau mit der Kapuze und der Sonnenbrille vergessen. Wie alt waren diese Männer? Etwa? Jünger als ich, das war klar. Sie waren gut ausgebildet, darauf konnte man sich verlassen. Leute, die diese Zeit nicht erlebt hatten, arbeiten präziser als Zeitgenossen, auf einen Außenstehenden konnte man sich mehr verlassen als auf einen Mitwirkenden oder einen Zeugen. Ramón Mercader hatte Trotzki nicht gekannt. Er war ihm, bevor er ihn ermordet hat, nie begegnet – oder nur einmal, ich weiß es nicht. Er hat ihn nicht gehasst, nicht verachtet, er wollte ihm nichts heimzahlen. Alle Informationen hatte er aus zweiter Hand. Wie groß Trotzki ist, wie schwer er ist. Ob er in guter körperlicher Verfassung ist. Ob er irgendwelche Leiden hat. Ist er aufbrausend? Ist er leicht zu besänftigen? Ist er eitel? Welche Musik mag er? Mag er Musik überhaupt? Trägt er auch im Haus eine Waffe bei sich? Über alles war der Attentäter informiert, über nichts hat er sich selbst ein Bild gemacht. Solche Leute sind besser. Wer erst lernen muss, ist besser, als der, der erlebt hat. Wenn Sie über den Spanischen Bürgerkrieg zehn Bücher lesen, wissen Sie besser Bescheid, als wenn Sie daran teilgenommen hätten. Der Killer ist dein Schutzengel. Er weiß alles über dich. Er hält seine Hand über dich. Er ist immer da. Ich verglich mich mit Leo Trotzki? Tatsächlich? Ja, das tat ich! Es ist absurd! Ich hatte Angst. Aber feige war ich nicht. Ich drehte mich um, zog die Kapuze vom Kopf, steckte die Sonnenbrille ein und ging hinter den beiden Männern her. Und ich sprach sie an. Wer hat euch geschickt? Was ist euer Auftrag? Sie rafften ihre Aktentaschen an sich, einer zitterte, der andere stammelte. Ich muss schrecklich ausgesehen haben. Wie eine Wahnsinnige, der alles zuzutrauen ist. Was ich von ihnen wolle. Sie kennen mich doch gar nicht. Ich solle mich beruhigen. Ob ich Geld wolle. Sie hätten nicht viel bei sich. Das dürfe ich aber gern haben. Ob sie mir helfen können. Sie hielten sich aneinander fest, blickten sich um. Ob ich allein bin oder ob da noch andere lauern. Oder ob jemand da ist, den sie im Notfall um Beistand bitten könnten. Ich entschuldigte mich bei ihnen. Ich schämte mich, schlich davon. Kapuze wieder auf den Kopf, Sonnenbrille wieder vor die Augen. Was war denn um Himmels willen in mich gefahren! An seiner Waffe kenne deinen Feind, die wählt er nach der innersten Natur, so heißt es. Und wenn er gar nicht bewaffnet ist?

Meine Studenten suchten mich. Sie fürchteten, mir könnte etwas zugestoßen sein. Sie fürchteten, ich könnte entführt worden sein. Das sagten sie mir, als wir uns am nächsten Tag im Seminar trafen. Also sie auch. Nicht nur ich. Warum sorgten sie sich um mich? Sie wussten nicht viel über ihre Professorin, aber sie wussten, dass ich *behind the fucking iron curtain* aufgewachsen war. Mein Akzent war ja überdeutlich. Es war mir nicht nur einmal passiert, dass mich in den USA jemand anredete: ›*Are you from behind the fucking iron curtain?*‹ Meine Studenten versicherten mir, sie hätten mich rausgehauen, wenn der verdammte Ivan mich in seinen Klauen gehabt hätte. Ich fragte sie, was sie sich unter dem verdammten Ivan vorstellen. Seit der Kubakrise waren erst ein paar Jahre vergangen. Im Süden von Texas erinnerte man sich deutlicher daran als an jedem anderen Ort der USA. Sie baten mich, ihnen von meinem Leben hinter dem Eisernen Vorhang zu erzählen. Ich sagte, ich erinnere mich nicht. Ich sei zu klein gewesen, log ich. Ich habe gelogen, weil – dies ist die weniger harmlose Begründung –, weil ich mir nicht sicher war, auf welcher Seite sie standen. Warum waren sie so freundlich zu mir? Warum halfen sie mir, meine Einkäufe in meine Wohnung zu tragen? Warum boten sie sich an, meine Wohnung zu putzen? Sie hatten gesagt, ich solle spazieren gehen, und wenn ich zurückkomme, sei die Wohnung blitzblank. Taten sie das aus purer Nächstenliebe? Oder hatten sie einen Auftrag? Ramón Mercader hat sich als harmloser Bekannter einer harmlosen Bekannten von Trotzki in das Haus eingeschlichen. Er hat eine von Trotzkis Sekretärinnen geheiratet! Ein Lebensbund, nur um jemanden zu töten! Wieder verglich ich harmlose Nuss mich mit Trotzki? Was harmlose Nüsse sind und was nicht, das definiert nicht die harmlose Nuss. Zum Zweiten habe ich meine Studenten angelogen aus dem gerade umgekehrten Grund. Nämlich, weil ich befürchtete, wenn sie mich als für damals alt genug einschätzten, um eigene Gedanken zu haben, dann könnten sie glauben, ich sei bereits vom Virus des Kommunismus angesteckt, und sie würden sich von mir abwenden und misstrauisch sein. Oder mich melden. Die sogenannte McCarthy-Ära war zwar vorbei, schon seit über zehn Jahren, das hieß aber nicht, dass die amerikanischen

Behörden nicht mehr gegen Kommunisten vorgingen. Nicht mehr so offen und unverschämt, aber die Männer, die mit Joseph McCarthy zusammengearbeitet hatten, die waren immer noch da. Edgar Hoover vom FBI. Oder Richard Nixon. Im November dieses Jahres wurde in Amerika gewählt. Richard Nixon würde für die Republikaner zur Wahl antreten, das war fix. Der würde sich wieder in Position bringen. Gegen das Virus des Kommunismus. Seine Worte. Und jene im Land, die *behind the fucking iron curtain* aufgewachsen waren und mit einem so deutlichen Akzent sprachen wie ich, die würde man sich genau ansehen.«

Nun fragte ich doch: »Ich habe gelesen, dass Sie im Jahr 1957 in Österreich in die Kommunistische Partei eingetreten sind …«

»Und was ist Ihre Frage dazu?«

»Warum?«

Lange sagte sie nichts. Dann: »Heute nicht. Irgendwann in den nächsten Tagen. Wenn Sie mich dann noch besuchen.«

»Und 1968 sind Sie wieder ausgetreten.«

»… haben Sie gelesen …«

»Ist das falsch?«

»Sie haben es gelesen.«

»In der Monografie zu Ihrem Werk.«

»Ich möchte darauf nicht antworten.«

»Warum nicht?«

»Ich sagte, in den nächsten Tagen.«

»Warum nicht gleich?«

»Ich erinnere mich nicht.«

»Das glaube ich Ihnen nicht.«

»Ich erinnere mich. Aber es hat keine Bedeutung.«

»Alles hat eine Bedeutung.«

»Ich glaube nicht, dass alles eine Bedeutung hat.«

»Ich will es wissen.«

»Ich sagte, später … vielleicht später.«

»Ich will es aber jetzt wissen!«

»Sie sind hartnäckig.«

»Und wenn ich es bin?«

»Verhören Sie mich?«

»Nein.«

»Wie die Männer und Frauen vor dem McCarthy-Ausschuss verhört worden sind?«

»Nein, natürlich nicht.«

»Es klingt aber so. Das waren auch Philosophen, Wissenschaftler, Künstler. Also was? Was! Wollen Sie mich verhören, oder soll ich erzählen?«

Ich bat sie, mir zu verzeihen.

Siebtes Kapitel

»Drei Tage Stille auf dem Wasser – da hat es mir gereicht. Ich wollte mich bewegen. Die Zukunft gewöhnt man sich als Erstes ab.

In der Nacht schlich ich aus meiner Kabine. Mir gegenüber auf der anderen Seite des schmalen Korridors schliefen meine Eltern. Alle fünf bis zehn Meter glimmte eine Glühbirne an der Decke des Korridors. Die gaben gerade so viel Licht, dass ich mich orientieren konnte. Hätte jemand bei einer der Kabinentüren auf mich gewartet, ich hätte ihn nicht gesehen. Schon am Tage war der Korridor in der einen Richtung nicht zu überblicken, so lang war er und leicht gebogen war er, so dass sein Ende nicht gesehen werden konnte. Außerdem war nach wenigen Metern eine Absperrung, da standen zwei Böcke, über die ein Balken gelegt worden war. Jenseits waren die Kabinen, die nicht belegt waren. Niemandsland. Das war keine Absperrung, das war mehr ein Signal: Bis hierher und nicht weiter! Keiner hätte es gewagt, über den Balken zu steigen. Ich stieg drüber. Links Kabinen, rechts Bullaugen, durch die man aufs Meer und ein bisschen in den Himmel schauen und ein paar Sterne sehen konnte, an der Decke die Leuchten. Nach etwa dreißig Metern waren keine Kabinen mehr auf der rechten Seite, nur noch Fenster. Draußen, keine drei Mann hoch darunter, die See, schimmernd im Mondlicht. Wir waren im unteren Viertel des Schiffes untergebracht. Über uns, so vermutete ich, lagen die 2. und darüber die 1. Klasse, noch weiter oben die vornehmen Gesellschaftsräume, Tanzsaal, Rauchsalon mit Bibliothek, Speisesaal und die Liegeterrassen. Mein Vater hatte einige Bücher besessen, in denen solche Luxusdampfer abgebildet waren, Fotografien, aber auch Zeichnungen, die den Innenaufbau, die Konstruktion, zeigten. Für mich waren es Bücher zum Träumen. Wie gern wäre ich auf so einem Schiff in die weite Welt hinausgefahren! Jetzt war ich auf so einem Schiff.

Am Ende des Korridors, ich schätzte, er war im Ganzen fünfzig Meter lang, war eine Tür, eine Eisentür. Die war verschlossen. Aber das Fenster daneben ließ sich öffnen. Es war eine Art Notausstieg. Ich steckte den Kopf hinaus in die laue, salzige Luft. Das war wie der Hauch eines künftigen glücklichen Lebens. Ich versuchte, etwas zu erkennen. Links neben dem Fenster war eine eiserne Leiter, die ertastete ich, die war an der Schiffsaußenwand angebracht. Nicht gleich alles auf einmal, dachte ich. Wenn ich schon in einer Nacht das ganze Schiff erkunde, dann vergehe ich in einer Woche an Langeweile. Also tastete ich mich wieder zurück in meine Kabine. Niemand war zu sehen, niemand war zu hören. Mir war, als lebte ich tatsächlich allein auf dem großen Schiff.

Ich muss ein paar Tage zurück. An den Anfang unserer Reise. Eine Sache kann ich nicht übergehen. Ich habe versucht, sie beiseitezuschieben. Ich meine den Tod des Ehepaares. Des Mannes und der Frau, die Gift genommen hatten, noch bevor wir den Hafen von Sankt Petersburg verließen. Noch bevor uns unsere Kabinen zugeteilt wurden. Wie hatten sie das Gift an Bord gebracht? Wir waren durchsucht worden. Sehr genau. Nun ja, so kleine Kapseln kann man überall verstecken. Das Gedicht von Nikolai Gumiljow im Mantelfutter meiner Mutter war ja auch nicht entdeckt worden. Obwohl die zuständige Person den Mantel mit den Händen abgegriffen hat, von oben bis unten, ich hab's gesehen. Wir waren in den Speisesaal gebracht worden, begleitet von einer Frau und drei Männern, die trugen Gewehre und Pistolen bei sich. Die Gewehre übergehängt, die Pistolen im zugeknöpften Halfter. Von uns gab es nichts zu befürchten. Anweisungen wurden ausgegeben. Nicht gebrüllt. So, als wären wir normale Passagiere 3. Klasse. Dass wir uns frei bewegen dürfen. Dass wir uns gegenseitig in den Kabinen besuchen dürfen. Dass wir uns auch außerhalb der Essenszeiten im Speisesaal aufhalten dürfen. Spielkarten und Brettspiele lägen bereit. Auch einige Bücher. Dass wir aber eine Stunde vor Essensbeginn und eine halbe Stunde nach dem Essen in unseren Kabinen bleiben sollen. Dass jeder Kontakt mit dem Personal verboten sei. Wir sollen auf die Glocke hören. Und dass wir die Absperrung im Korridor respektieren müssen. Auf einmal brechen die beiden zusammen. Der Mann und seine Frau. Fallen auf den Boden. In sich zusammen. Zucken und dann Stille. Zwei unserer Bewacher untersuchen sie. Stellen den Tod fest. Die anderen zwei schleppen die Toten an den Füßen hinaus aus dem Speisesaal. Wir sollen uns setzen. Ein anderer Ton. Immer noch nicht Brüllen, aber streng. Wir sollen jeder einen Sessel nehmen und uns in eine Reihe setzen. Nun sind wir nur noch zehn. Und nun die Fragen. Wer das getan hat? Wer was getan hat? Wer den beiden das Gift zugesteckt hat? Soll sich auf so eine Frage einer melden? Natürlich nicht. Also Stille. Noch einmal die gleichen Fragen. Da meldet sich der junge Mann, der allein ist und sich an den Rand gesetzt hat. Er fragt: Warum hätte das einer von uns tun sollen? Er soll aufstehen, heißt es. Er soll vortreten. Drei Schritte vor seinen Fragern bleibt er stehen. Er soll sagen, warum er es getan hat. Er habe es doch gar nicht getan. Er habe doch nur gefragt, warum es einer von uns hätte tun sollen. Einer der Frager zieht seine Pistole. Er richtet sie auf den Mund des jungen Mannes. Die Mündung berührt seine Lippen. Er sagt: Die Antwort sei entweder hier drinnen oder da drinnen. Er meint, entweder im Mund des jungen Mannes oder im Lauf der Pistole. Er fragt: Wo soll ich nachschauen, hier oder da? Da sagt der junge Mann: Ja, ich gestehe, ich habe ihnen das Gift gegeben. Warum? Aus Barmherzigkeit. Ob er auch Gift für die anderen bei sich habe? Auch für das Kind? Gemeint bin ich. Nein. Er solle sich entschuldigen. Er entschuldigt sich. Er solle sich auch bei uns entschuldigen. Er entschuldigt sich auch bei uns. Er solle sich vor allem bei dem Kind entschuldigen, das zusehen musste. Er entschuldigt sich bei mir. Dann gehen die drei Männer und die Frau. Wir sehen sie nicht mehr wieder. Wir sind allein gelassen. Niemand fragt den jungen Mann, ob es stimmt, was er gesagt hat. Alle wissen, es stimmt nicht. Das ist auch nicht die Frage. Die Frage ist: Warum haben sie ihn nicht trotzdem erschossen? Warum haben sie ihn nicht wenigstens mitgenommen? Die Frage ist: Wer ist dieser junge Mann?

Er hieß Fonja. Agafon Abramowitsch Morosow. Zehn Jahre später trafen wir uns wieder in Berlin. Er war ein Mann der Musik, ein Musiktheoretiker, ein Musikkritiker. Hatte in Sankt Petersburg als freier Lektor an der Universität Seminare abgehalten und Artikel in verschiedenen Zeitschriften veröffentlicht, auch über Architektur, verglich Wagners ›Ring‹ mit Tolstois ›Krieg und Frieden‹ und dem Kölner Dom, tatsächlich. War persönlich bekannt mit Sergei Rachmaninow, bevor er nach Schweden abgehauen war, er sagte, befreundet sei er mit ihm gewesen, befreundet. Warum er auf die Liste gesetzt wurde, weiß ich nicht. Er behauptete, er sei denunziert worden oder verwechselt worden, er habe sich nie um Politik gekümmert, seine Freundschaft mit Rachmaninow könne bei Gott nicht der Grund sein. Ich denke: Warum nicht? Wir sind auch auf die Liste gesetzt worden, weil wir mit jemandem befreundet waren. In Berlin widmete sich Fonja ganz der Schriftstellerei, er schrieb Bücher zu musikalisch-philosophischen Themen. Noch eines über Richard Wagner. Unter anderem Namen schrieb er. Dieses Buch hat sich einigermaßen verkauft. Davon leben konnte er nicht, nicht länger als ein Jahr. Er hat als Portier in der Pension Crampe am Viktoria-Luise-Platz gearbeitet. Dort verkehrten viele Russen, Ukrainer, Litauer. Und ich genauso. Dort wohnten auch Nina Berberowa und Wladislaw Chodassewitsch, er ein nicht über die Maßen begabter Dichter, sie eine umschwärmte Person, schön, spitz, um einen Palast klüger als er. Sie führte an den bereits erwähnten Lyrik-Interpretations-Abenden das leitende Wort. Und sie zwinkerte mir zu. Sie hätte noch aus Goethes ›Über allen Wipfeln ist Ruh‹ eine geheime politische Botschaft herauslesen können, jeder hätte ihr geglaubt. Ein Widerspruch in sich, diese Person. Waren mehr als fünf

Leute um sie, konnte man sich vor ihr fürchten, so schlagfertig war sie dann, manchmal beleidigend, jede Schwäche des anderen ausnützend. War man mit ihr allein, hatte man eine liebenswürdige, höfliche, gütige Frau vor sich, die einem zuhörte, hilfsbereit. Vor den Nazis floh sie weiter nach Frankreich, nach dem Krieg siedelte sie über in die USA, dort starb sie, zweiundneunzig Jahre alt ist sie geworden. Ich habe sie überholt. Warum ich das erwähne: Wir haben uns in Berlin befreundet, sie mochte mich. Ich war allein. Sie breitete ihre Fittiche über mich – was für ein schöner Ausdruck! Sie war es, die mich vor Fonja warnte. Er war damals schon gut vierzig, er hat mir den Hof gemacht, ich war vierundzwanzig, das waren die wenigen Jahre in meinem Leben, als ich äußerlich halbwegs ansehnlich war. Klassisch hat er mir den Hof gemacht. Charmant. Rosen und so. Über das Böse reden wir nicht, sagte er. Und dann redeten wir doch über das Böse, nur über das Böse. Er lud mich zu Spaziergängen ein, wir fuhren hinaus nach Grunewald, und er erzählte haarsträubende Geschichten, zum Beispiel die Geschichte vom Zar Pawel I., der sich eine Festung bauen ließ, die kannte ich ja, das ist die Michaelsburg zwischen der Moika und der Fontanka, das muss man einer Sankt Petersburgerin nicht erklären, ein Backsteinklotz, finster, meine Güte. Dort habe er sich verschanzt, der Pawel. Der Pawel habe die russische Paranoia erfunden, sagte Fonja. Alle hat er tyrannisiert. Verrückt sei er geworden. Er ließ sich einen Tisch zimmern, gut acht Meter lang, an dem empfing er seine Gäste, immer nur einen, er auf der einen Seite des Tisches, der Gast auf der anderen. Zunächst habe er den benachbarten Staatsmännern geschmeichelt und so getan, als sei er einer von ihnen, aber dann habe er Kriegspläne erstellen lassen, zuerst gegen die Ukraine, die er Kleinrussland genannt haben wollte. Wenn jemand etwas anderes gesagt habe, dem sei mit einer Nadel ein Zwirn durch die Zunge gezogen worden und weiter durch die Nasenscheidewand, und so sei ihm die Zunge zum Mund heraus und hinauf zur Nase gebunden worden. Das hat mir Fonja erzählt. Zum Glück sei der Zar bald gestorben, ermordet, die Welt traute ihm zu, dass er etwas unerhört großes Schlechtes angezettelt hätte, wenn er länger am Leben geblieben wäre. Sein eigener Generaladjutant habe die Attentäter in die Festung geführt durch alle verriegelten Türen. Unter den Attentätern seien berühmte Leute gewesen, wichtige Staatsmänner wie der General-Gouverneur von Sankt Petersburg und der Vizekanzler und einige Kommandanten der Garderegimenter und ein Dutzend Offiziere, ja, und dann auch der Liebhaber von Pawels Mutter, der Zarin Katharina II., sogar sein eigener Sohn, der spätere Zar, habe davon gewusst und seinen Vater nicht gewarnt … Jetzt habe ich vergessen, wie er hieß … Der sei auch dabei gewesen. Ein Gedränge sei gewesen in Pawels Schlafzimmer, du meine Güte! Dort erwischten sie ihn. Das Genick haben sie dem Pawel gebrochen, aber er sei nicht gleich daran gestorben, erst nach ein paar Tagen. Sie hätten ihn allein gelassen in seinem Schlafgemach, zwischendurch habe ihm ein Diener Haferflockenmus zum Essen und Ziegenmilch zum Trinken gebracht. Der Diener habe berichtet, der Zar hocke die ganze Zeit vor dem Spiegel und betrachte sein gebrochenes Genick.

Dein Fonja ist ein Spitzel, sagte Nina, auch wenn sie ihn nur im Profil sehe, wisse sie das. Er spioniere hier in Berlin die russischen Exilanten aus. Ich erzählte ihr von der grässlichen Episode auf unserem Schiff. Als ihm die Pistole an den Mund gehalten wurde. Als Gegenbeweis erzählte ich diese Geschichte. Dass Fonja auf keinen Fall ein Spitzel sei. Sie lachte schallend heraus. Das sei inszeniert gewesen! Was inszeniert gewesen? Alles inszeniert gewesen? Alles inszeniert gewesen, jawohl! Auch der Selbstmord des alten Ehepaars? Ob ich die sogenannten Toten untersucht hätte? Nein, natürlich nicht. Also. Das mit der Pistole an den Lippen, das sei mit Sicherheit inszeniert gewesen. Ein GPU-Standard sozusagen. Um den Denunzianten zu schützen. Um alle glauben zu machen, er sei auf der guten Seite. Die Seele, belehrte sie mich, ist eine Ware, die kann man verkaufen und behält sie dennoch. Darum wickle sich dieses Geschäft so leicht ab. Ich wusste nicht, was ich glauben sollte. Nina nahm mich in ihre Arme. Mädchen, sagte sie, glaube, was ich sage, dass du glauben sollst. Wir sind angesteckt. Du kannst eine andere Sprache lernen und sie besser sprechen als die, von denen du sie gelernt hast, sie werden es merken. Sie werden merken, dass du von dorther kommst. Und damit ist nicht nur eine Himmelsrichtung gemeint. Und die, die ebenfalls angesteckt sind, die ziehst du an. Und sie ziehen dich an. Du triffst neue Menschen, befreundest dich mit ihnen, willst wissen, wer sie sind, fragst sie, sie antworten bereitwillig. Und dann forschst du weiter nach, oder jemand kommt und berichtet dir, und du stellst fest, deine neuen Freunde haben dir nicht alles erzählt, oder sie haben gar gelogen. Auch sie sind angesteckt. Du hättest dich auch mit anderen anfreunden können, aber nein, mit diesen. Forsche nicht nach! Sei misstrauisch, aber forsche nicht nach! Das Glas erheben: Du da, Erdball, auf Brüderlichkeit!

So redete Nina Berberowa mit mir. Sie zwinkerte mir zu und hat Geld für mich aufgetrieben. Ohne sie hätte ich nicht studieren können. Die ersten vier oder fünf Semester hat sie mir finanziert. Wie sie zu dem Geld gekommen ist, weiß ich nicht. Ihrem Ratschlag folgend, habe ich nicht nachgeforscht. Dann habe ich einen Job gefunden. Sie hat mir geraten, nach der österreichischen Staatsbürgerschaft zu streben. Schau, dass du in einem unwichtigen Land lebst, das in der Welt geliebt wird. Das treffe auf Österreich zu. Unter Umständen noch auf die Schweiz. Die aber sei geizig, was Staatsbürgerschaften betrifft, und beliebt seien die Schweizer auch nicht besonders. Geld werde verehrt, aber nicht geliebt. Mozart und Schubert dagegen werden verehrt und geliebt. Getroffen haben wir uns im Leben nicht mehr.«

ACHTES KAPITEL

»Fünf Tage und fünf Nächte lag nun unser Riesendampfer schon bewegungslos auf dem Wasser, ohne dass uns von irgendwo Nachricht gegeben worden wäre. Da meldete einer der Herren, er sehe durch das Bullauge in seiner Kabine ein Schiff, das sich dem unseren nähere. Es war später Nachmittag und diesig. Wir drückten die Köpfe in unsere runden Fensterchen. Da war ein Motorboot mit einer schmalen, hohen Kajüte, ein Kutter. Die Scheinwerfer an den Seiten warfen lange Kegel in den Dunst. Es glitt an unser Schiff heran, schließlich verschwand es aus unserem Blickfeld. Es hatte seitwärts angelegt. Eine Stunde später, da war es bereits dunkel, hörten wir es davonfahren. Nur seine Umrisse zeichneten sich im Halbdunkel ab, die Seitenlichter, rot und grün, wir hörten es noch, als wir es nicht mehr sehen konnten.

Große Aufregung war unter uns. Der Herr, der den Kutter als Erster gesehen hatte, klopfte an unsere Tür und auch an die anderen Türen und schlug vor, wir sollten uns im Speisesaal treffen. Bitte alle. Der Herr hieß Petrow, Grigorij Maximowitsch Petrow.

Im Speisesaal sagte Herr Petrow, wir sollen zusammenrücken, damit nicht laut gesprochen werden müsse.

Es ist eine Erfahrung, die es wert ist, darüber nachzudenken: Wenn man unter Menschen ist, die man nicht kennt, und wenn eine angespannte Atmosphäre herrscht, am deutlichsten bei Angst, dann meint man, es seien mehr Menschen, als tatsächlich da sind. Drücke ich mich umständlich aus? Umgekehrt: Wenn man sich kennenlernt, und sei es nur, dass man öfter im gleichen Raum beieinandersitzt und gemeinsam isst, wenn man sich mit der Zeit die Gesichter merkt, die Stimmen merkt, wenn man einander an der Kleidung erkennt, dann ist einem, als schrumpfe eine Menge zusammen. Verstehen Sie, was ich meine?

Wir waren wenige, nur zehn. Papa, Mama, ich. Fonja. Ein jüngeres Paar, Bruder und Schwester, sie eine Opernsängerin, Mama sagte, eine sehr berühmte, ich kannte sie nicht, er ein Dirigent, ebenfalls prominent. Beide im Engagement am Mariinski-Theater. Dann der bereits erwähnte Herr Petrow und seine Frau, beide um die sechzig, schätzte ich. Und noch ein Paar, beide um die siebzig, sie eine Lyrikerin und Malerin, er ein Mathematiker, sie kräftig mit einem Busch grauer Haare und dicken schwarzen Brauen, er klein, trocken, immer rauchend, von allen bettelte er höflich Zigaretten, ich gab ihm meine fünfzehn, Mama hatte ihre bereits Papa gegeben. Zehn Personen! Intellektuelle. Philosophen. Wissenschaftler. Ein Architekt. Künstler. Unser Luxusdampfer war ein Philosophenschiff. Eines der sogenannten Philosophenschiffe. Den Begriff hat ein gewisser Sergej Choruschi erfunden, auch er ein Philosoph. Aber viel später erst hat er den Namen erfunden, und er war nicht dabei gewesen. Ich habe das irgendwo gelesen. Oder jemand hat es mir vorgelesen. In den Neunzigerjahren erst war der Begriff aufgekommen. Philosophenschiff!

Wie poetisch! Wir fuhren auf dem Philosophenschiff – das klingt wie aus einem romantischen Roman. Oder aus einer Satire. Für Romane habe ich mich nie groß interessiert, da dürfen Sie mir nicht zürnen. Sollte es wirklich wahr sein, dass wir nur zu zehnt waren? Sonst niemand? Auf diesem Riesenschiff, das gebaut war für zweitausend Passagiere? Wir hatten beim Einsteigen niemanden gesehen und auch nicht, als wir in unseren Kabinen waren. Von unseren Bullaugen aus hatten wir die Landungsbrücke überblickt, nur eine war ausgefahren. Da war niemand gewesen, da war niemand mehr eingestiegen, nur wir und die drei Männer und die Frau mit den Gewehren, die uns bewachten. Und vorher – einen ganzen Tag waren wir mit unseren Koffern am Pier gestanden, bevor wir das Schiff betreten durften, erst waren wir viele gewesen, fünfzig, hundert, zweihundert, wir wurden ausgesondert. Die meisten wurden weggebracht, einige wurden hinter dem Lattenzaun erschossen. Übrig geblieben sind wir. Zuerst noch zwölf. Wir haben niemanden gesehen, der vor uns über die Landungsbrücke an Bord gegangen war, und niemanden nach uns. Dass wegen so einem Häufchen dieses unvergleichliche Luxusschiff in Bewegung gesetzt wurde – wer sollte das glauben? Ich vermutete schon damals, dass diese Undenkbarkeit uns, die wir in den Kabinen der 3. Klasse untergebracht waren, mehr bedrückte als alles andere, was um uns herum geschah. Warum gerade wir? Warum nur zwölf? Was hatte das zu bedeuten? Hatte es überhaupt etwas zu bedeuten? Aber niemand traute sich, diese Fragen auszusprechen. Aus Angst, jemand könnte die Antwort kennen. Aus Angst, ein neues, zusätzliches Misstrauen würde durch solche Fragen in unsere Herzen gepflanzt.

Und nun stand das Schiff schon seit fünf Tagen still.

An einem gewissen Punkt fürchtet sich der Mensch vor dem Misstrauen mehr als vor dem Tod. Es ist merkwürdig, und es muss einer schon sehr viel Angst in seinem Leben gehabt haben, um das zu verstehen, aber letztendlich fürchtet sich der Mensch vor dem Unausweichlichen nicht so sehr wie vor Dingen, die er beeinflussen könnte, und sei es nur dadurch, dass er ihnen aus dem Weg geht. Der Tod ist unausweichlich, das Misstrauen nicht.

Also besprachen wir die Lage, wie es Herr Petrow vorgeschlagen hatte.

Grigorij Petrow – das habe ich später recherchiert, ich wollte ja wissen, wer mit uns auf dem Schiff gewesen war – war Journalist und Chefredakteur einer marxistischen Zeitschrift gewesen und einer der neun Männer, die rund zwanzig Jahre vor der Revolution in Minsk die sozialdemokratische Arbeiterpartei Russlands gegründet hatten, das waren die Vorläufer der Bolschewiki, zu denen gehörten später auch Lenin und Trotzki. Aber dann hatte er es sich anders überlegt. Weg von der Politik, hin zur Philosophie. Er schrieb Biografien über Kant und Hegel und andere Philosophen, Bücher, die sehr populär waren, ich meine unter den Intellektuellen von Sankt Petersburg und Moskau. Besonders beliebt seien seine Abendvorträge in der Sankt Petersburger Kunstakademie gewesen. Ein leidenschaftlicher Vortragender, Dialoge zwischen Platon und Hegel oder Aristoteles und Robespierre habe er sich ausgedacht und vorgespielt, frei, improvisiert, so lebhaft, dass man hätte meinen können, zwei Personen stehen auf der Bühne und nicht eine. Volle Säle! Einmal sei eine

Frau aufgestanden und habe ihn, der gerade den Robespierre spielte, angeschrien, er solle gefälligst mit einer Persönlichkeit wie Aristoteles respektvoller umgehen. Und dann irgendwann hatte er ein Bekehrungserlebnis. Es hieß, er sei in einem Fahrstuhl steckengeblieben, fünfzehn Stunden lang. In diesen fünfzehn Stunden bekehrte sich Herr Petrow zum Glauben, zum guten alten orthodoxen russischen Glauben. Er wurde gerettet und gründete eine neue Zeitschrift, in der er gegen die Weltlichkeit der Revolutionäre wetterte, die einst seine Genossen gewesen waren, und in der er prophezeite, eine Art Heiland werde kommen und seine ehemaligen Genossen, er nannte sie die falschen Propheten, hinwegfegen. Seine Frau vermochte er zu bekehren, seine Söhne und seine Tochter wandten sich von ihm ab. Es hieß, einer seiner Söhne sei es sogar gewesen, der Trotzki gebeten habe, seinen Vater auf die Liste jener zu setzen, die ausgewiesen werden sollten. Andere sagen, damit habe der Sohn seinen Vater retten wollen und letztlich auch gerettet.

Nun waren Alexander Petrow und seine Frau bei uns auf dem Schiff. Er hatte einen geschäftig roten Kopf, die Adern traten an seinen Schläfen heraus, wenn er redete. Seine Frau sprach wenig, und wenn, dann wussten wir nicht, was sie uns sagen wollte, denn bevor es heraus war, wurde sie von ihrem Mann zurechtgewiesen. In einem bösen Ton. Das war mir aufgefallen und meiner Mutter auch. Wir haben, als wir wieder allein und unter uns waren, darüber gesprochen. Die kleine, runde Frau tat uns leid.

Alexander Petrow erklärte sich zum Diskussionsleiter, wie er sagte, niemand widersprach ihm. Auch deswegen wohl nicht, weil niemand eine Diskussion erwartete. Ich schaute zu Fonja hinüber, aber der schüttelte nur kurz den Kopf. Und lächelte mich an.

Entweder, so wurde spekuliert, sei jemand vom Schiff abgeholt worden, oder jemand sei auf das Schiff gebracht worden. Dass sie in Sankt Petersburg einen vergessen hatten. Dann kriegen wir ihn wahrscheinlich bald zu sehen. Dann werden sie ihn zu uns bringen. Dann ist er entweder einer von uns oder ein Spitzel. Ein Spitzel eher nicht, kam man zur Ansicht, sie müssten sehr blöd sein, einen Spitzel im Hafen zu vergessen. Abgesehen davon, dass es nichts zu bespitzeln gab. Also wahrscheinlich einer wie wir. Aber auch das wurde als sehr unwahrscheinlich abgetan. Wäre er einer wie wir, könne er nicht so wichtig sein, dass dieser Riesendampfer fünf Tage und fünf Nächte regungslos auf dem Wasser schwimmt. Wenn sie tatsächlich einen gebracht haben, dann musste es jemand Wichtiges sein. So einen aber werde man nicht zu uns bringen. Dann allerdings die Frage, warum bringt man einen Wichtigen auf ein Ausreiseschiff? Wohin reist der aus? Warum reist er aus?

Schließlich hielt man es für das Wahrscheinlichste, dass im Maschinenraum oder sonst irgendwo ein Schaden aufgetreten sei, darum stehe das Schiff auch schon so lange still, und nun seien Mechaniker geschickt worden, die den Schaden beheben sollen.

Zum ersten Mal hatten wir miteinander geredet. Auch meine Mutter hatte sich zu Wort gemeldet. Das hatte allen gutgetan. Und dazu war das Wahrscheinlichste, was geschehen war und geschehen würde, harmlos. Jeder schenkte sich ein halbes

Glas Wein ein. Auch mir gab man eines. Mein Vater prostete mir zu. Jeder prostete jedem zu.

In dieser Nacht endlich wagte ich es, durch das Fenster am Ende des Korridors zu steigen und über die eiserne Leiter nach oben zu klettern. Ich schaute nicht nach unten zum Wasser. Die Leiter war glitschig vom Nebel, sie führte, ich würde sagen, acht Meter nach oben oder mehr. Oben stieg ich über die Brüstung. Da war eine überdachte freie Galerie, breit genug für Korbstühle. Die Galerie war als Balkon für die Kabinen 2. Klasse gedacht. Auf so einem Luxusschiff war die 2. Klasse wie auf einem anderen die 1. Klasse. Ich probierte die Klinken an den Kabinentüren. Die Türen waren verschlossen. Es war stockdunkel. Ich musste mich tastend bewegen. Fast hätte ich nicht mehr die Stelle gefunden, wo die Notleiter hinunter zur 3. Klasse führte.«

Neuntes Kapitel

»Ich will von dem Mann erzählen, der mir der Liebste unter uns war.

Er hieß Danil Danilowitsch Sidorow und war, wie bereits erwähnt, Mathematiker, seine Frau war Lyrikerin und Malerin, sie hieß Monja Sidorowa. Dass die beiden auf der Liste standen, bereitete meinem Vater am meisten Kopfzerbrechen. Was hatten sie getan? Was warf man ihnen vor? Ein alter Mann, eine alte Frau. Die Frau hatte in ihrem Leben einen einzigen Band mit Gedichten veröffentlicht, da war sie noch nicht dreißig Jahre alt gewesen, schlichte Naturlyrik, aus der nicht einmal Nina Berberowa etwas Politisches herauslesen hätte können, über Nadelbäume, über die Steppe, über die Wolga im Schein der untergehenden Sonne, nicht ein Haus kam darin vor, nicht ein Mensch kam darin vor, nichts, was von Menschenhand gemacht worden war. Wenn Tiere, dann wilde. Der schmale Band war ein guter Erfolg gewesen, Monja Sidorowa wurde als die Hoffnung der russischen Lyrik gefeiert, Tolstoi immerhin hatte in einer Literaturzeitschrift ein paar lobende Sätze über sie verloren, und der alte Turgenew hatte ihr kurz vor seinem Tod aus Paris in einem Brief geschrieben, ihre Gedichte enthielten mehr Trost als Puschkins Elegien. Aber dann hatte sie nichts mehr geschrieben, jedenfalls nichts mehr veröffentlicht, sie hat sich ganz der Malerei zugewandt, ebenfalls Bäume und Landschaften und das Meer, keine Häuser, keine Menschen. Als die Gedichte geschrieben worden waren, dachte niemand in Russland an eine Revolution, also auch nicht an eine Konterrevolution. Etwas Unverdächtigeres zu schreiben, wäre eine Meisterleistung gewesen. Wer nur über einen Baum schreibt und nur einen Baum malt, dem kann man vorwerfen, dass er nur über einen Baum schreibt und nur einen Baum malt, aber das ist doch kein Grund, ihn aus Russland zu verbannen. Und ihr Mann? Danil Sidorow war Mathematiker, es gab nichts in der Wirklichkeit, was ihn interessierte, für Zahlen interessierte er sich, sonst für nichts, keine seiner Forschungen ließ sich auf irgendetwas anwenden, also weder vermarkten noch für politische Zwecke missbrauchen, ein Zahlentheoretiker, der als junger Mann in Deutschland in Marburg an der Lahn bei Friedrich Schottky studiert hatte, und der war immerhin ein Schüler von Bernhard Riemann gewesen, dem reinsten aller Mathematiker, von dem erzählt wird, er habe einmal einen Studenten aus seiner Vorlesung verwiesen, weil der gefragt habe, wozu man das alles brauchen könne. Ich habe mich sehr für Mathematik interessiert, allerdings wie jener Student für ihre Anwendung. Friedrich Schottky habe ich in Berlin kennengelernt, ich kannte eine Freundin seiner Tochter, zusammen mit ihr besuchten wir ihn. Er lebte am Ende in Berlin, ein Mann mit gütigen Augen. Danil Sidorow und seine Frau haben sich nicht für Politik interessiert, sie liebten sich. Und achteten einander. Es war nicht nötig, sie länger als eine Viertelstunde zu beobachten, um das bestätigt zu sehen. Er ging mit zwei Tellern zu dem langen Tisch in der Mitte des Speisesaals, lud Nahrung auf und brachte einen der Teller seiner Frau, den anderen stellte er vor sich selbst hin. Sie neigte sich über den Tisch zu ihm hin und küsste ihn auf die Glatze. Das war jeden Tag so, Frühstück, Mittagessen, Dinner. Warum wurden diese beiden friedlichen Menschen aus Russland vertrieben? Wer hatte das angeordnet? Mein Vater vermutete, es handle sich um ein Versehen. Damit meinte er, auch unsere Verbannung könne nur ein Versehen sein, ein Irrtum. Denn was hatten wir schon getan? Dass meine Mutter vor vielen Jahren mit einem Dichter geschlafen hatte, der vor einem Jahr erschossen worden war, deshalb? Mein Vater nahm sich Herrn Sidorow zum Vorbild, er brachte nun auch seiner Frau den Teller mit dem Frühstück, dem Mittagessen, dem Abendbrot. Ich musste mir meine Sachen selber holen. Meine Mutter kündigte an, einen Protestbrief zu schreiben, sobald wir das Schiff verlassen hätten. Aber an welche Adresse? Wer sollte den Brief lesen? Sinowjew? Trotzki? Kamenew, Dzierżyński, Jagoda? Oder gleich Lenin persönlich? Mein Vater hingegen betrieb Gewissenserforschung. Er dachte nach, was er getan haben könnte, schlug mit den Knöcheln gegen seine Schläfen. Er war sein eigener Inquisitor. Er war gern bereit, Schuld zu erkennen und zu bekennen, er hoffte, wenn er Abbitte leistete, könnten wir wieder zurück nach Sankt Petersburg. Ich fragte ihn: Und was sollen wir dort? Ich sagte: Dort will ich nicht mehr leben. Er sagte: Es wird wieder besser werden. Er sagte: Es wird einer kommen, der mit diesen Verbrechern aufräumt. Diesbezüglich hatte er Gleichklang mit Herrn Petrow. Der erwartete auch einen Retter. Lachen Sie nicht! Als dann

Stalin die Macht in Russland ergriff, wir hatten uns gerade in Berlin einigermaßen eingerichtet, deutete mein Vater mit dem Finger auf mich, als hätte ich dagegen gewettet. Er meinte tatsächlich, nun werde unser Exil bald zu Ende sein. Stalin sei der von ihm Prophezeite, der mit den Verbrechern aufräumen wird. Er glaubte tatsächlich, Stalin werde die Exilierten, nämlich jene, die auf den Philosophenschiffen außer Landes gebracht worden waren, lauter wichtige Menschen, Intellektuelle, die man beim Aufbau des Sozialismus dringend brauchte, Stalin werde uns – uns! – bitten, in die Sowjetunion, wie die Heimat meines Vaters inzwischen hieß, zurückzukehren. 1926, wenn ich mich recht erinnere, also vier Jahre nach unserem Rauswurf, wurde Trotzki aus der Kommunistischen Partei ausgeschlossen. Das konnte nur ein gutes Zeichen sein, mein Vater brachte eine der russischen Exilantenzeitungen nach Hause in unsere kleine, aber dank der Bemühungen meiner Mutter gemütliche Wohnung in Schöneberg, breitete die Titelseite über das Wachstuch auf dem Küchentisch aus und jauchzte. Jawohl, er jauchzte! Jetzt wird alles gut, sagte er, alles werde gut. Dieser Mann hat Charakter, rief er. Er meinte Stalin. Er fasste meine Mutter um die Taille und tanzte mit ihr aus der Küche hinaus auf den winzigen Flur, auf dem gerade Schuhlöffel und Schirm Platz hatten, und wieder zurück und summte und jauchzte dazu. Trotzki war für ihn der Teufel. Lenin war tot, der musste nicht mehr aus der Kommunistischen Partei ausgeschlossen werden.

Dagegen Danil Sidorow und seine Frau – sie erwarteten keinen Erlöser. Sie waren die Ersten auf dem Schiff, die sich auf eine neue Zukunft einstellten. Er setzte sich beim Frühstück zu uns an den Tisch, fragte, ob es erlaubt sei, dankte mir noch einmal für meine Zigaretten und sagte zu meinem Vater: Herr Kollege, schauen wir nicht mehr zurück. Das ist nicht gesund. Vergessen wir. Vergessen wir Russland. Monja und ich haben uns vorgenommen, wenn wir wieder Land betreten, in Stettin oder in Lübeck oder, wenn die Reise länger dauert, in Hamburg, wahrscheinlich in Hamburg, ich kann mir nicht vorstellen, dass so ein großes Schiff im Hafen von Stettin oder Lübeck Platz hat, dann werden wir zwar noch die gleichen Menschen sein, sie und ich, aber wir haben keine Vergangenheit mehr. Wir machen bereits Pläne. Man kann auch für die wenigen Jahre, die uns noch bleiben, Pläne machen. Ich habe alte Bekannte und auch Freunde in Deutschland, kann sein, die leben noch und erinnern sich an mich. Ich spreche recht gut Deutsch. Ich erteile Monja Unterricht, jeden Tag drei Stunden. Wenn man eine neue Sprache lernt, vergisst man leichter, was unangenehm war in der alten. Ich habe eine Liste von Dingen zusammengestellt, die wir als Erstes vergessen wollen …

Meine Güte, das ist doch komisch! Mein ganzes Leben lang konnte ich darüber lachen und kann es immer noch: Sich notieren, was man vergessen will! Haben Sie je etwas Komischeres gehört?

Aber dann – dann fragte mein Vater den kleinen dürren alten Mann, woher er wisse, dass wir nach Deutschland fahren. Da ist Herr Sidorow rot im Gesicht geworden und hat gestammelt und ist von unserem Tisch aufgestanden und hat sich auch nicht mehr zu uns gesetzt.

Nein, ich sag's gleich, er war kein Spitzel. Wahrscheinlich

dachte er in diesem Augenblick umgekehrt, mein Vater sei ein Spitzel … eine gute Tarnung … die einzige Familie an Bord … ach …«

Ich fragte Frau Perleman-Jacob, ob sie Hunger habe. Ob ich wieder etwas für uns zubereiten solle. Das Steak habe ihr gut geschmeckt, sagte sie, und gutgetan, sie habe lange nicht mehr so gut geschlafen, das sei dem Fleisch zu verdanken. Ein Steak mit Salat, darauf habe sie Appetit. Hunger kenne man in ihrem Alter nicht. Wenn sie zur Auffassung gelange, nun reiche es endgültig, dann werde sie einfach nichts mehr essen. Nichts mehr essen und nichts mehr trinken. Ihr Arzt rate ihr, nicht so viel Fleisch zu essen. Aber gleichzeitig sage er, sie solle essen, was sie wolle, auch Fleisch.

»Er meint, bei einer Hundertjährigen rentiere sich nichts mehr, auch eine Diät nicht.«

Ich ging wieder zu dem kleinen Supermarkt, kaufte diesmal zwei Schweinelendchen, zwei Körbchen Cherrytomaten, eine kleine Gurke, einen kleinen Salatkopf, Schnittlauch, Dill und eine Stange Weißbrot und ein Glas mit Fertigsoße. Ich fragte Frau Perleman-Jacob, ob Kognak oder Whisky im Haus sei. Es gab beides. Ich briet die Lendchen, mischte den Salat und schummelte mich mit Kognak über die Soße. Ich servierte im Wohnzimmer. Viel aß sie nicht, aber es schmeckte ihr. Sie lobte mich. Wir tranken Bier dazu.

»Morgen setzen Sie mich in den Rollstuhl, und ich bitte Sie, mich durch den Park von Schönbrunn zu schieben, bis hinauf zur Gloriette. Das geht leicht, Sie werden sehen. Der Rollstuhl ist ein amerikanisches Modell, der schiebt sich mit dem kleinen Finger. Alice hat ihn mir besorgt. Mit dem Schiff kam er zu mir. Und dann lade ich Sie zum ›Plachutta‹ ein. Ich werde Alice am Telefon bitten, einen Tisch für zwei Personen zu reservieren. Sagen wir um zwölf? Dann müssten Sie aber schon um neun bei mir sein. Sonst lohnt sich der Spaziergang nicht. Sind Sie um neun schon gesellschaftsfähig? Ich werde Alice nicht dazu einladen, das wird sie verstehen. Ich werde das Schulterscherzel nehmen, das ist nicht gar so mager, ich mag es gern, wenn es ein bisschen durchzogen ist. Wenn eine Leimspur im Fleisch ist. Auf die Schnittlauchsoße kann ich verzichten, aber vom Apfelkren hätt' ich gern das Doppelte. Merken Sie sich das?«

»Das merke ich mir.«

»Darf ich Sie dann auch noch bitten, wenn wir im Restaurant sind, die Bestellung aufzugeben? Ich will nicht so laut mit dem Kellner sprechen. Dann fragt er mich aus. Wie es mir geht, und brüllt dabei, dass es jeder im Lokal mitkriegt, weil er denkt, ich hör' schlecht, was ich ja auch tu'. Ihnen rat' ich zu einem mageren Stück mit Spinat und ordentlich Erdäpfeln, mir liegt nichts mehr an Kohlenhydraten, und zum Nachtisch bestellen Sie sich einen Apfelstrudel, wie es sich gehört. Ich freue mich! Erinnern Sie mich, bevor Sie gehen, dass ich Alice anrufen soll. Nun aber weiter in unserer Arbeit!«

Sie zündete sich eine Zigarette an und fuhr in ihrer Erzählung fort.

»Die Geschwister Kira Jegorowa und Jan Jegorow – er Dirigent, sie Sängerin, beide um die vierzig, er war, ich glaube, zwei Jahre älter als sie –, die beiden habe ich noch nicht vorgestellt. Sie waren die Prominenten auf unserem Schiff. Außer mir kannten sie alle. Als sie am Landungssteg auftauchten, da waren wir noch sehr viele, ging ein Uhhh! durch die Menge. Uhhh, die auch! Frau Jegorowa grüßte in die Runde, aber gelächelt hat sie nicht. Auf dem Schiff wurde Abstand zu ihnen gehalten, Respektabstand. Und es ist auch bald schon geredet worden, warum sie hier sind. Herr Petrow hatte seine Vermutungen. Er tuschelte meinem Vater in den Kragen, der es gar nicht hören wollte, Kira Jegorowa habe vor Jahren Trotzki düpiert, als der während der Premiere von Rimski-Korsakows Oper ›Die Legende von der unsichtbaren Stadt‹ und so weiter, ich habe den genauen Titel vergessen, ist wahrscheinlich eine Schande, das ist mir aber wurscht, eine Jungfrau kommt noch in dem Titel vor, es war die Uraufführung, da habe Trotzki während einer Arie mit seinem Sitznachbarn gesprochen, und zwar ziemlich laut, und Frau Jegorowa habe ihren Gesang unterbrochen – bei der Uraufführung! – und von der Bühne herunter in scharfem Ton gesagt, die Herren sollen so gut sein und ihr mitteilen, wenn sie mit ihrem Gespräch fertig seien, dann könne sie weitersingen. Ihr Bruder sei am Dirigentenpult gestanden, er habe ebenfalls unterbrochen und sich zum Publikum umgedreht und mit dem Taktstock auf Trotzki gezeigt. Daraufhin habe das Publikum Trotzki ausgepfiffen, einige hätten gerufen und verlangt, er soll die Oper verlassen. Das war noch vor dem Krieg gewesen, niemand hatte den schmächtigen Mann mit dem Wuschelkopf, dem Kinnbart und der Brille gekannt, für alle im Saal war er irgendeiner eben.

Keine halbe Stunde später kam Herr Petrow wieder an unseren Tisch, auch er suchte die Nähe meines Vaters, das war immer so gewesen, jeder wollte ein Vertrauter oder gar ein Freund meines Vaters sein, wieder tuschelte er, er habe sich geirrt, um Himmels willen, es sei natürlich nicht Trotzki gewesen, der war damals ja gar nicht in Russland, Karl Radek sei es gewesen, der arrogante Schleimer, der jüdische Wagnerianer, der, wie allgemein bekannt, in jedes deutsche Arschloch krieche, das ihm Herberge anbiete, und Radek habe durchgesetzt, dass die beiden Opernsterne auf unser Schiff kommen. Unser Schiff! Er tat gerade so, als hätte Herr Radek uns vorher fragen sollen, ob er das auch darf!

Meine Mutter warnte meinen Vater. Du wirst sehen, sagte sie, morgen kommt er und behauptet, es sei nicht Radek gewesen, sondern Sinowjew oder der Staatsanwalt Wyschinski oder Dzierżyński oder Lunatscharski. Der Petrow ist ein Angeber, der nach seinem eigenen Tod noch damit prahlt, dass er erschossen wurde.

Fonjas Theorie, warum die beiden Künstler mit uns auf dem Schiff seien, war dagegen diffizil, wenn ich mich so ausdrücken darf, damit meine ich, auf gut Österreichisch: hinterfotzig. Er sprach gern mit mir, passte mich ab, tat so, als wären er und ich eine andere Generation als die anderen, was irgendwie stimmte, aber auch nur irgendwie, er war immerhin doppelt so alt wie ich, ich vermutete, auch er wollte sich an meinen Vater heranmachen, Umweg über mich. Die Geschwister Kira und Jan, steckte er mir, unterhielten eine inzestuöse Beziehung, und so etwas sei mit dem Sozialismus nicht vereinbar. Ich wusste nicht, was eine inzestuöse Beziehung ist. Er erklärte es mir und hatte Freude daran.

Also: Wir hatten keine Ahnung, warum die erste Operndiva am Mariinski-Theater und ihr Bruder, einer der bedeutendsten Orchesterleiter Russlands, aus ebendiesem Land ausgewiesen wurden. Im Unterschied zu den anderen auf unserem Schiff taten die beiden aber so, als wüssten sie selbst es sehr genau. Meine Mutter – die, das muss ich dazusagen, keine begeisterte Opernbesucherin war, aber ein Faible für Prominenz hatte – fragte Kira Jegorowa direkt: Warum sind Sie und Ihr Bruder hier? Daraufhin wedelte die Diva mit den Händen vor ihrem Gesicht herum, als wollte sie Fliegen vertreiben, und blies einen Stoß Luft aus, dass ihr die Haare aus der Stirn flogen. Das war alles. Meine Mutter interpretierte die Geste als: das Übliche eben. Als wäre ihnen Ähnliches schon öfter passiert. Aber wir wussten nicht, was das Übliche war, und auch nicht, was es Ähnliches geben konnte. Und es interessiert uns auch nicht, setzte mein Vater dem Spekulieren meiner Mutter ein Ende.

Ich war ganz auf der Seite meines Vaters. Ich mochte die beiden nicht, am wenigsten von allen mochte ich sie, den Bruder nicht, die Schwester nicht. Sie taten, als wäre, was uns angetan wurde, nichts weiter als eine lästige, aber auch irgendwie lustige Seefahrt. Am Pier hatten sie noch Angst gehabt, da hatte jeder Angst gehabt, weil jeder die Schüsse hinter dem Bretterverschlag hören konnte. Nun hörten wir Kira in ihrer Kabine Koloraturen singen und ihren Bruder mit Mundwasser gurgeln. Sie waren so unverdächtig, dass sie schon wieder verdächtig waren.«

Frau Perleman-Jacob schwieg. Sie schwieg lange. Ich meinte, sie sei eingenickt.

Schließlich sagte sie: »Sie waren mir alle suspekt. Auch Fonja. Auf dem Schiff war mir Fonja schon suspekt, nicht von Anfang an, das gebe ich zu. Er sah sehr gut aus. Als wir uns in Berlin wiedertrafen, ja, ich glaube, da habe ich mich ein wenig in ihn verliebt. Das ist leicht erklärt. Zwei Gerettete treffen einander wieder. In Sicherheit. Ein Klassiker gleichsam. Nina Berberowa hat mich an mein altes Vorurteil erinnert.

Alle waren mir nicht suspekt, das muss ich richtigstellen, den alten Mathematiker mochte ich sogar sehr gern, den Herrn Dr. Danil Danilowitsch Sidorow. An seiner Frau konnte ich nichts finden, was mich interessierte, sie an mir ebenfalls nicht. Sie hatte an ihrem Mann Menschheit genug. Er hatte mich so verzweifelt um meine Zigaretten gebeten, kein Unterschied war zwischen uns gewesen, gleich, ob er siebzig war und ich erst vierzehn, er ein Professor, ich ein Schulmädchen. Ob mir auch das hübsche Kontingent an Zigaretten erlaubt worden sei? Ob ich Raucherin sei? Ich, ein Kind! Ob ich eine anderweitige Verwendung für meine Zigaretten hätte? Was für eine anderweitige Verwendung für Zigaretten gibt es noch, außer sie zu rauchen? Eigentlich wollte ich sie für meinen Vater aufheben. Aber dann gab ich sie Herrn Sidorow, und er zündete sich gleich eine an und sagte, danke, danke, danke. Ich war sehr irritiert, dass ihn mein Vater so kalt hatte abblitzen lassen … Ich mochte ihn … Ich habe bei der Petrowa um Zigaretten gebettelt und sie ihm weitergegeben … Danke, danke, danke …

Was aus Danil Danilowitsch Sidorow und seiner Frau Monja geworden ist, weiß ich nicht … Ich weiß es nicht … Einer allein, wenn er an sich hinabschaut und sagt sich, ich bin makellos, was hat er davon? Er weiß ja, dass er es nicht ist. Verschluckt er etwas Schlechtes und hat Bauchgrimmen, spätestens dann weiß er, dass er nicht makellos ist …«

Wieder schwieg sie. Sehr lange schwieg sie.

Ich fragte: »Wem haben Sie die Geschichte erzählt? Wem noch außer mir?«

»Welche Geschichte?«

»Die Geschichte, derentwegen ich hier bin. Die Geschichte von dem Schiff.«

Darauf antwortete sie nicht. Sondern – nun wörtlich von der Handy-Aufzeichnung abgeschrieben:

»Der Kopf … Unser Kopf … Das Behältnis aller unserer Ideen … Um meinen Körper vom Hals abwärts, um den tut es mir nicht leid, der soll verrotten und zu Erde werden, wie es sich gehört … Aber der Kopf … Neben allen Ideen sind in ihm ja auch alle Versäumnisse gespeichert. Fragen Sie mich, worum ich mich zu wenig gekümmert habe! Die Antwort lautet: um unser Universum. Das Universum ist tatsächlich makellos. Was sonst, wenn nicht das Universum! Ich habe zu wenig nachts in den Himmel geschaut. Das tut mir jetzt leid. Dass sich alles dreht, weiß inzwischen jeder … Aber warum auf diese Art und Weise? Gäbe es die Nacht nicht, wir könnten die Sterne nicht sehen. Wissenschaftler würden sie berechnen, aber sehen könnten wir sie nicht. Ich durfte einmal ein kleines Theater herrichten, nur herrichten, innen, eine Gefälligkeit. Der Innenraum, in dem das Publikum saß, war eine Schüssel, Sie wissen, es gibt zwei Arten von Konzertsälen, die Kiste und die Schüssel, so sagt man, das ist unsere Terminologie. Ich erinnere mich gern daran, es war ein kleiner Einfall, der war mir gekommen, als ich in der Nacht in den Himmel geschaut habe. Ich habe in die Seitenwände kleine Löcher bohren lassen, und in die Löcher habe ich kleine Glühelemente gesteckt. Keine Ordnung. Ich habe einen Mitarbeiter gebeten, Kaffeebohnen auf ein großes weißes ausgespanntes Tuch zu schütten, wir haben eine Leiter aufgestellt, er ist hinaufgestiegen und hat die Bohnen ausgeschüttet. Dann habe ich von der Leiter aus ein Foto gemacht. Die zufällige Struktur der Kaffeebohnen auf dem weißen Tuch habe ich als Vorlage genommen für die Aufbringung der Glühelemente auf den Wänden rechts und links des Zuschauerraums. Der Sternenhimmel als die Architektur des Zufalls. Und vorne auf der Bühne, was findet dort statt? Doch nichts anderes als der allabendliche Versuch, den Zufall in den Griff zu kriegen, indem eine Geschichte erzählt wird. Was anderes ist das Theater denn? Das wissen Sie besser als ich. Man müsste den Kindern einbläuen: Schaut in den Himmel! Geht nicht ins Bett, bevor ihr nicht in den Himmel geschaut habt. Zähneputzen könnt ihr einmal oder zweimal vergessen, aber nicht vergessen sollt ihr, in den Himmel zu schauen. Nicht, damit sie gute Menschen werden, das werden sie oder werden sie nicht. Schaut in den Himmel, weil er da ist …«

Ich stand auf und wollte das Licht neben ihrem Fauteuil anknipsen.

Sie sagte: »Lassen Sie! Ich bleibe gern noch eine Weile in der Dämmerung sitzen. Es muss für heute genügen. Vergessen Sie nicht, wir sind für übermorgen früh um neun Uhr zu einem Spaziergang durch den Park verabredet.«

»Ich dachte für morgen?«

»Nein, übermorgen. Ich muss mich einen Tag erholen. Erinnern macht müde.«

Das kam mir entgegen. Ich wollte die Aufnahmen ordnen. Und sonst noch einiges erledigen.

ZEHNTES KAPITEL

Der Österreichische Ingenieur- und Architekten-Verein hatte auf meinen Namen ein Zimmer im »Hotel Regina« gebucht, vornehm, aber nur für eine Nacht. Ich zog dann in eine Pension um. Immer wenn ich in Wien bin, steige ich dort ab, Holzboden, kein Teppichboden. Sie kennen mich und legen mir eine Süßigkeit auf das Kopfkissen, einmal ein kleines Buch mit Gedichten von Rilke. Die Pension ist hinter dem Volkstheater, Eingang neben dem wunderlichen »Bellaria Kino«, dessen Vorstellungen ich besuchte, wenn mir am Abend langweilig war, alte Schwarzweißfilme mit Heinz Rühmann, Hans Albers, Hans Moser, selten mehr als ein halbes Dutzend Besucher.

Ich bekam einen Anruf aus dem »Regina«. Es handle sich um ein Missverständnis, selbstverständlich stehe mir, solange ich es benötige, ein Zimmer zur Verfügung, Frau Winegard habe alles arrangiert. Erst wollte ich in meiner Pension bleiben, aber dann stellte ich mir vor, wie Frau Perleman-Jacobs Freundin den Präsidenten des ÖIAV, der mich so von oben herab behandelt hatte, mit amerikanischem Frauenhumor schurigelte, und dabei wurde mir ganz wohl. Ich wollte sie, die ihre Hand über uns hielt, nicht vor den Kopf stoßen. Und zog abermals um. Nicht ein Zimmer stand mir nun zur

Verfügung, sondern eine Suite. Ein Arbeitszimmer und ein Schlafzimmer, im Arbeitszimmer ein hohes Regal mit dem Großen Brockhaus, etlichen anderen Enzyklopädien und alten Klassikerausgaben, mittendrin ein majestätischer Schreibtisch.

Ich bat den Portier um die Telefonnummer von Frau Winegard und rief sie an. Ich brauchte mich nicht lang vorzustellen, Frau Perleman-Jacob berichtete ihrer Freundin ausführlich und regelmäßig über mich. Ich sagte, ich würde sie gern zum Abendessen einladen. Frau Winegard war sofort einverstanden. Ihre Stimme hörte sich noch tiefer an als an dem Abend im Palais Eschenbach, ein breiter, satter Männerraucherbariton. Sie wohne im 4. Bezirk in der Nähe des Naschmarkts, sie schlug das Gasthaus »Ubl« vor, das sei sehr wienerisch.

Der Wiener Wind blies heftig, manchmal meinte ich einen Stoß Föhn zu spüren, eine warme Blase, die mich kurz umhüllte und, wie es immer gewesen war, mich für einen Augenblick glücklich machte, weil sich die Welt weit für mich öffnete.

Frau Winegard wartete bereits. Sie stand auf, nahm meine Hände, ließ sie fallen und sagte: »Ich werde eingeladen … Das ist lange her.«

Sie war größer, als ich mich erinnerte, breitschultrig, und tatsächlich: Sie hatte keine Augenbrauen. Sie bestand darauf, dass wir Deutsch miteinander sprechen.

Ich sagte: »Und ich wohne wie ein Generaldirektor.«

Der »Ubl« ist ein altes Gasthaus, oder wie der Wiener sagt, ein Wirtshaus, mit altem Holz getäfert, Messingarmaturen an den Zapfhähnen, in der Mitte ein gusseiserner Ofen. Das Essen – Frau Winegrad machte mich darauf aufmerksam – sei einmal sehr gut, dann wieder mittelmäßig bis schlecht. Der Grund, das Wirtshaus gehöre zwei Schwestern, die miteinander streiten, weshalb sie sich aufteilen, eine Woche die eine, die andere Woche die andere, jede jeweils mit eigenem Team. Das eine Team aber sei gut, das andere nicht. Das Gerücht gehöre zum Sagenschatz der Stadt, weshalb man sich nicht darauf verlassen dürfe.

»Sie kennen sich gut aus in Wien«, sagte ich.

Sie lebe seit über zwanzig Jahren hier, verstehe alles, könne sich in allem ausdrücken, habe aber stets Wert darauf gelegt, ihren texanischen Akzent zu behalten. Seit vierzig Jahren seien sie und Frau Perleman-Jacob miteinander befreundet.

Es überraschte mich nicht zu hören, dass Alice Winegard eine der Studentinnen gewesen war, die damals an dem Workshop von Frau Professor Perleman-Jacob in Corpus Christi teilgenommen hatten. Sie habe gerade die Highschool abgeschlossen, sei gerade achtzehn geworden und von dem Gedanken beseelt gewesen, Architektin zu werden.

»Anouk war ein Star!«, rief sie hinein in den Gastraum.

Wir bestellten das Wiener Schnitzel mit Erdäpfelsalat, Frau Winegard riet mir dazu. Das Lokal war voll, sie hatte einen Tisch reserviert, wir müssten damit rechnen, dass es lange dauere, bis das Essen serviert werde. Heute seien nämlich die guten Köche dran.

Sie erzählte: George Meany, der Gewerkschaftsboss, habe Anouk – Frau Professor Perleman-Jacob – nach Amerika geholt, der sei so mächtig gewesen wie der Präsident. »Er wollte, dass die Arbeitersiedlung, die Anouk in Belgien gebaut hatte, nachgebaut wird, in Detroit und in Ellicott City in Maryland und in Oakland bei San Francisco.« Aber das hätte ich sicher in Anouks Biografie gelesen. In Ellicott City sei die Siedlung dann tatsächlich eins zu eins nachgebaut worden. »Sie heißt bis heute: Perleman-Jacob-Settlement.« In Detroit stehe eine Variante, die sei dafür dreimal so groß. In Oakland seien die Pläne unter die Räder der Korruption geraten. »Inzwischen, so habe ich gehört, werden sie, auf Initiative von Arnold Schwarzenegger übrigens, in adaptierter Form doch noch umgesetzt.« Ich solle Anouk fragen, sie werde mir gern Bilder zeigen. »Ich habe versucht, auf die Stadt einzuwirken, dass auch in Wien nach Anouks Plänen so eine Siedlung gebaut wird.« Sie sei aber nur auf Desinteresse gestoßen bei der MA 18. Es sei zu wenig Platz für so eine Anlage, und dass eine Wohnung über zwei oder gar drei Etagen verfüge, als wäre sie ein Einfamilienhaus, das sei nicht zeitgemäß. »Dabei ist ja genau das das Schöne an Anouks Plänen, und es wäre sehr wienerisch, Maisonette-Wohnungen, menschlich, und so geschickt ineinander verschachtelt, dass sie eben nicht viel Platz brauchen, weniger sogar als das fantasielose Aufeinanderschichten immer gleicher, flacher Module, wie Schinken-Käse-Toast.« An die Gewerkschaft habe sie sich auch gewandt. Sie habe von George Meany erzählt, dass er durchgesetzt habe, dass einige Bauwerke der bedeutendsten österreichischen Architektin des Jahrhunderts in den USA realisiert wurden. »Aber der Herr, mit dem ich gesprochen habe, der hatte weder den Namen George Meany noch den Namen Anouk Perleman-Jacob je gehört, und von Arnold Schwarzenegger hielt er wenig. Pech. Pech für Wien.«

Und sie wiederholte, laut genug, dass es nun wirklich alle im Lokal hören konnten: »Anouk war unser Star! Sie war der Star an der Universität von Corpus Christi!«

Ich sagte, fast flüsternd, Frau Perleman-Jacob habe mir von ihrer Zeit in Texas erzählt. »Eine kuriose Geschichte hat sie mir erzählt, von einem Zombiefilm, den sie sich zusammen mit ihren Studenten angeschaut hat, und wie schlecht es ihr hinterher gegangen ist.«

»Ja, natürlich!«, lachte Alice Winegard so laut heraus, dass es wieder still wurde in der Wirtsstube. »Natürlich war ich dabei! Ich habe mich um sie gekümmert. Ich war es, die sie gefunden hat, draußen in Roscher Estates bei den Kühen. Wo es genauso aussieht wie in dem Film!«

Sie ruckte mit ihrem Sessel und blickte sich um, und als sie sah, dass die Gäste im Essen innehielten und zu ihr schauten, sprach sie nun nicht mehr mit mir allein, sondern wandte sich immer wieder den anderen zu, als wären sie gekommen, um einen Vortrag über die Architektin Perleman-Jacob zu hören – eine Fortsetzung des Dinners im Palais Eschenbach.

»Wir sind ausgerückt, um sie zu suchen, sie war verschwunden. Ja, und ich habe sie gefunden. Ich habe mich bei ihr eingehängt, und wir sind den weiten Weg in die Stadt hinein zu Fuß gegangen, weil kein Bus mehr gefahren ist, und in der Nacht bin ich bei ihr geblieben. Damals haben wir uns befreundet. Ich habe mich um sie gekümmert. Habe ihr eine Putzfrau besorgt. Bin für sie einkaufen gegangen …«

Sie wurde unterbrochen, weil unsere Schnitzel kamen. Während wir aßen, redete sie weiter, nun aber leise und nur zu mir. Frau Perleman-Jacob – sie sprach nur von »Anouk« – habe sie als ihre Assistentin genommen, und als ihr Vertrag in Corpus Christi abgelaufen war, habe sie sie nach Columbus begleitet. Das kleine Columbus, das müsse ich wissen, sei damals neben Chicago das Zentrum der modernen Architektur in Amerika gewesen. »Dort waren Eero und Eliel Saarinen, Alexander Girard, Dan Kiley, auch Mies van der Rohe, der damals schon sehr alt war.« Und eben auch Anouk Perleman-Jacob.

»Und Sie waren immer bei ihr?«

»Immer bei ihr.«

»Ein Schutzengel.«

»Wenn es Engel gibt, ja.« Und ohne ihren Ton zu ändern: »Worüber sprecht ihr eigentlich?«

»Ich glaube, es tut ihr gut, sich jemandem anzuvertrauen, den sie nicht kennt«, sagte ich. »Wie bei der Beichte. Am liebsten wäre ihr, sie würde mich nicht sehen.«

Sie lachte wieder und wieder sehr laut: »Dann ist es ja gut, sie ist fast blind! Als wir uns kennenlernten, hat sie mir auch viel erzählt. Paare erzählen sich angeblich in ihrem ersten halben Jahr mehr als später in ihrem ganzen Leben. Später haben wir uns hauptsächlich über ihre Arbeit unterhalten.«

»Sie erzählt mir von ihrer Kindheit. Als sie vierzehn war.«

»Seit sechs Tagen redet sie, und ihr seid erst dort, als sie vierzehn war? Und was erzählt sie? Was hat sie mit vierzehn erlebt, dass sie sechs Tage Erzählung dafür braucht?«

Ich sagte: »Frau Professor Perleman-Jacob bereitet sich auf den Himmel vor.« Mit Kraft gelang es mir, den Blick nicht von dem Schutzengel abzuwenden.

»Das versteh ich nicht«, sagte der Schutzengel. »Das ist eine ungewöhnliche Bemerkung. Ist das etwas Wienerisches? Ich bitte, das mir zu erklären.«

Das tat ich: »Frau Professor Perleman-Jacob sagt, sie will üben. Im Himmel steht sie wahrscheinlich jemandem gegenüber, den sie nicht kennt. Sie will üben, wie es ist, einem Fremden ihr Leben zu erzählen. Sie denkt nämlich, im Himmel wird sie dazu aufgefordert. Darum hat sie mich engagiert. Zum Üben.«

Es war mir gelungen, Alice Winegard durcheinanderzubringen. Sie stammelte sogar. »Das versteht niemand. Was reden Sie da! Das kann niemand verstehen. Denkt so eine Hundertjährige?«

»So denken Hundertjährige«, sagte ich.

»Aber Anouk ist Atheistin!«

»Wo«, sagte ich, »steht geschrieben, dass im Himmel ein Gott ist?«

Das war mir originell vorgekommen. Ich hatte mir bei diesem Abendessen keine Freundin gemacht.

Ich rief beim Österreichischen Ingenieur- und Architekten-Verein an. Ich ließ mich mit dem Präsidenten verbinden, Herrn Dr. Mahler, und bedankte mich für die Großzügigkeit, mir eine Suite in so einem teuren Hotel zu spendieren. Er war zerknirscht. Er habe nicht wissen können, dass Frau Professor Perleman-Jacob mit mir gemeinsam an ihrer Biografie arbeite und so weiter, er habe sich inzwischen über mich erkundigt und nur das Beste erfahren und so weiter.

Ich sagte: »Ich brauche Sie.«

Ich sagte, ich benötige einige Hintergrundinformationen, Frau Professor Perleman-Jacob erzähle mir sehr viel Privates, eigentlich nur Privates, alles andere solle ich mir anderweitig beschaffen. Ob ich ihn treffen könne.

»Wer ist Alice Winegard?«, fragte ich ihn, als wir vor unseren großen Braunen saßen, und er antwortete prompt: »Ich habe geahnt, dass Sie mich das fragen werden, und es ist gut, dass Sie mich das fragen.«

Mir schien, gerade weil wir beide keinen guten Beginn gehabt hatten, brachte mir Herr Dr. Mahler Vertrauen entgegen – oder soll ich sagen: den Vorsatz, mir mehr zu vertrauen als einem anderen, den er so wenig kannte wie mich.

»Warum?«, fragte ich.

»Weil das jeder fragt.«

»Was fragt jeder?«

»Wie es sein kann, dass Frau Professor Perleman-Jacob an dieser Frau so einen Narren gefressen hat. Es gibt Gerüchte, dass die beiden eine lesbische Beziehung haben. Aber ich bitte Sie! Eine Hundertjährige! Oder hatten. Ich glaube das nicht. Obwohl, alles ist möglich.«

Er fragte, was Frau Perleman-Jacob mir über diese Frau erzählt habe.

»Dass sie ihre Schülerin gewesen sei in Amerika.«

»Mehr nicht?«

»Nicht viel mehr.«

»Und was hat Frau Winegard über Anouk erzählt?«

»Dass sie ein Star gewesen sei an der Universität von Corpus Christi.«

»Wissen Sie, dass Frau Professor Perleman-Jacob aus den USA ausgewiesen wurde?«

»Nein. Warum?«

»Aus politischen Gründen.«

»Weil sie Russin war? Im Kalten Krieg und so?«

»Nein, damals war sie bereits österreichische Staatsbürgerin. Mit dem Kalten Krieg hatte das nichts zu tun.«

»Aber sicher wussten die amerikanischen Behörden, dass sie aus Russland stammte.«

»Das kann sein. Es kann aber auch nicht sein. Das weiß ich nicht. Dass sie ausgewiesen wurde, daran war allein Alice Winegard schuld. Das hat sie Ihnen nicht erzählt? Kann ich mir denken. Alice Winegard war ein Mitglied der sogenannten *Weathermen*. Das hat sie Ihnen ebenfalls nicht erzählt, nehme ich an, natürlich nicht. Wissen Sie, wer die *Weathermen* waren? Ich wusste es nicht. Habe ich mir aber ausführlich erklären lassen. Das war eine linksradikale Terrortruppe.«

Ich wusste das.

»Sie war als junge Frau an einem Anschlag auf ein Postamt beteiligt gewesen. In Philadelphia. Angeblich hat es keine Toten gegeben. Aber Verletzte. Dass es keine Toten gegeben hat, war nicht das Verdienst von Frau Winegard oder ihren Genossen. Sie hat sich der Verhaftung entzogen. Die anderen sind eingesperrt worden. Inzwischen sind sie angesehene Professoren und Professorinnen in den USA. Wahrscheinlich längst in Pension. Die Welt ist voll Verzeihen, glauben Sie niemandem, der das Gegenteil behauptet, die Welt ist gut, zu gut.

Alice Winegard hat sich versteckt. Und wo? Raten Sie! In Corpus Christi. Am Arsch der Welt. Bei Frau Professor Perleman-Jacob, bei Anouk. Wahrscheinlich ist die Sache verjährt. Ich kenne die amerikanischen Gesetze nicht. Erst war sie in Texas, dann in Ohio. In Columbus wurde Anouk ein Lehrauftrag angeboten. Columbus war damals die amerikanische Hauptstadt der Architektur, eigentlich die Welthauptstadt der Architektur …«

»Eero und Eliel Saarinen«, führte ich fort, »Alexander Girard, Dan Kiley und Mies van der Rohe waren dort … Das hat mir Alice Winegard erzählt.«

»Sie haben sich erkundigt. War eine schöne Sache … wäre eine schöne Sache gewesen … für Anouk. Frau Winegard hat sich an Anouk angehängt, sie ist mit ihr nach Columbus gefahren. Dann hat sie einer ihrer Genossen verpfiffen, und sie hat sich nach Europa abgesetzt. Für die amerikanischen Behörden hat das genügt, um Anouk auszuweisen. Eine Ausländerin, die einer Terroristin Unterschlupf bietet – also bitte! Ende mit Columbus, Ende einer möglichen Karriere in Amerika. Anouk war sogar einige Tage in Haft. Es muss ein Horror für sie gewesen sein. Nach allem, was sie als Kind erlebt hat. Ich war übrigens dagegen, dass Frau Winegard zu unserem Dinner eingeladen wird. Aber Frau Professor Perleman-Jacob bestand darauf.«

Wie sie auch darauf bestanden hatte, dass ich eingeladen wurde. Das sagte ich aber nicht.

»Wissen Sie«, fragte er, »dass Frau Professor Perleman-Jacob in der Sowjetunion gebaut hat? Trotz allem? Obwohl sie und ihre Familie etliche Jahre zuvor ausgewiesen worden waren. Sie wurde aus den USA ausgewiesen, und bald darauf bekam sie einen Auftrag aus der Sowjetunion. Und was für einen Auftrag!«

»Das weiß ich nicht«, sagte ich. »Davon hat sie mir bisher noch nicht erzählt.«

Unvermittelt sagte er: »Sie sind nun der Dritte, der eine Biografie über Anouk schreiben soll. Warum? Nichts gegen Sie und Ihre Fähigkeiten. Nichts gegen die Frau Professor. Aber warum drei Biografien? Ich war übrigens mit ihr in Russland gewesen, als junger Architekt. Um mir das Ergebnis ihrer Pläne anzusehen. Ich war vom Ministerium eingeladen worden. Was eine Ehre für mich war. Ich weiß nicht mehr, welches Ministerium damals zuständig war. Das war bald nach dem Zusammenbruch der Sowjetunion. Im Jahr 90. Nicht in Russland waren wir, sondern in der Republik Tatarstan, in Kasan. Drei Tage waren wir dort. Zusammen mit einer Wirtschaftsdelegation. Die Pläne für die Siedlung waren schon zehn Jahre alt oder älter. Als es die Sowjetunion noch gegeben hat, war Anouk eingeladen worden, diese Siedlung zu planen, eigentlich eine Stadt. Vielleicht sollte die Einladung eine Art Wiedergutmachung sein. Eine Stadt für zehntausend Bewohner! Eines der Häuser haben wir besucht, Anouk hat mit den Bewohnern gesprochen, Russisch, die haben ihr die Hände geküsst.«

»Und Alice Winegard war auch dabei?«

»Nein. Sie hat kein Visum bekommen. Hat sie gesagt. Ich denke, sie hat gar nicht angesucht. Ich denke, sie wollte nicht auffallen. Ich denke, Alice Winegard ist nicht ihr richtiger Name. Das denke ich nicht nur, darauf wette ich. Aber das sind alles Spintisierereien und Spekulationen. Ich bitte Sie, darüber nicht zu schreiben.«

Darauf antwortete ich nicht. Er sollte aus meinem Gesicht herauslesen, was er herauslesen wollte. Ich gönnte ihm jede Verwirrtheit. Ich war auch verwirrt.

ELFTES KAPITEL

»Nur Sie«, antwortete sie. »Nur Sie wissen davon. Nur Ihnen erzähle ich diese Geschichte. Keiner und niemand kennt sie sonst. Und Ihnen, hoffe ich, wird sie keiner und niemand glauben.«

»Und warum nicht Alice Winegard?«, fragte ich.

Frau Perleman-Jacob ließ mich lange auf ihre Antwort warten.

»Weil ich ihr nicht traue«, sagte sie schließlich. »Ich traue niemandem. Auch Ihnen traue ich nicht. Aber bei Ihnen spielt es keine Rolle.«

Ich hätte sie gern ausgefragt über Alice Winegard. Aber ich merkte, dass sie misstrauisch geworden war. Hatte sie mit ihrer Freundin telefoniert? Das war anzunehmen. Ich schätzte, sie telefonierten jeden Abend. Oder Alice Winegard besuchte sie. Das war sogar wahrscheinlicher. Sie wartet draußen, bis ich die Villa verlasse. Heimlich. Versteckt. Das wäre ihr zuzutrauen. Warum wäre ihr das zuzutrauen? Ich hatte mich in der Zwischenzeit weiter über die *Weathermen* erkundigt. Der Artikel im Wikipedia ist aufschlussreich. Der Name beziehe sich auf eine Zeile aus dem Song »Subterranean Homesick Blues« von Bob Dylan, wo es heißt: *»You don't need a weatherman to know which way the wind blows.«* Im Jahr 1970 wurde ein hohes Mitglied der *Black Panther Party* in Chicago erschossen. Der Mann war wehrlos, ein V-Mann hatte ihm Barbiturate ins Essen gemischt, er schlief in einem windigen Holzhaus, die Polizei schoss minutenlang von außen auf die Hauswand, hinter der er lag. Daraufhin verübten die *Weathermen* Bombenanschläge auf staatliche, militärische und polizeiliche Einrichtungen, Personen seien dabei nie getötet worden. In einem Artikel über den Schriftsteller Philip Roth und dessen Roman »American Pastoral« las ich von einem Anschlag auf ein Postamt, bei dem es eben doch Tote und Verletzte gab, was nicht vom Autor imaginiert sei, sondern tatsächlich stattgefunden habe und von Mitgliedern der *Weatherman* ausgeführt worden sei – und zwar in Kingsville, einem Vorort von Corpus Christi. Ich las, nach Vermutungen der Polizei sei es die Tat eines Einzelnen gewesen. Eine Frau sei festgenommen, aber nach wenigen Stunden wieder freigelassen worden. Woraufhin sie untergetaucht sei. Das sind dünne Fakten, und wenn ich sage, mein Herz schlug mir bis zum Hals, als ich das las, so hat das nichts zu bedeuten, außer: dass ich mir fest vornahm, Frau Professor Perleman-Jacob irgendwann streng nach Alice Winegard auszufragen.

Während unseres Spaziergangs durch den Park von Schönbrunn und auch anschließend beim Essen im »Plachutta« unterhielten wir uns über alles Mögliche, ihre Geschichte erzählte sie nicht weiter, dazu wolle sie niemand anderen um uns herum haben, nur mich. Und ich fragte sie nicht, was ich fragen wollte. Ich fürchtete, sie würde unser Projekt canceln.

Sie war sehr an der Politik interessiert, an der österreichischen Innenpolitik mehr als am Weltgeschehen. Sie fragte mich aus. Fragte mich, welche Partei ich wähle. Ob ich Mitglied einer Partei sei. Ob ich irgendwelche Politiker kenne, persönlich. Erst vor kurzem sei sie zu einer Feier eingeladen worden, sie habe vergessen, was es zu feiern gab, nein, sie habe es nie gewusst, kein Ball, aber etwas Ähnliches, im Februar. Alice Winegard habe sie mitgenommen. »Sie hat mich dazu überredet. Sie schleppt mich immer wieder irgendwohin. Damit ich unter die Leute komme.« Da seien sie alle gesessen, der Herr Molterer von der ÖVP, der Herr Faymann von den Sozialdemokraten und Jörg Haider auch. Der Haider sei der Einzige gewesen, der über sie mehr als nur ihren Namen kannte. »Zumindest von meiner belgischen Siedlung wusste er. Vorbildhaft, sagte er. Nicht vorbildlich, sondern vorbildhaft. Der Haider war ein gescheiter dummer Bub. Als er mir die Hand geschüttelt hat – er hat wirklich geschüttelt, als wär' mein Arm ein Hebel, um Wasser aus dem Boden zu pumpen –, da habe ich ihm über die Wange gestreichelt, nur, damit er aufhört, schon war ein Fotograf da, und dem Haider sind die Tränen aufgestiegen, die hat er sich selber aus dem Leib gepumpt. Das Streicheln hat der Fotograf nicht mehr aufs Bild gebracht, so schnell war er nicht. Er hat gefragt, ob ich es noch einmal tun könnte. Österreich ist eine Hurerei. Der Haider war der lustigste Zuhälter.«

Ich fragte sie, wie es gekommen sei, dass sie Österreicherin wurde.

»Das Übliche«, sagte sie. »Ich habe einen Österreicher geheiratet. Ich habe mir Nina Berberowas Rat zu Herzen genommen – die Staatsbürgerschaft eines unwichtigen, aber beliebten Landes. Mein Mann hieß Albert. Er hieß Albert

Wehinger. Damit auch das ausgesprochen ist. Dr. Albert Wehinger, Arzt für Innere Medizin, Primar am Allgemeinen Krankenhaus. Gestorben 1988. An einem Prostatakarzinom. Hat sich nie untersuchen lassen. Wir hatten getrennte Wohnungen, das war praktisch, er wohnte in der Berggasse, nicht weit vom AKH. Ja, tatsächlich neben dem Haus, in dem Viktor Adler und Sigmund Freud gelebt hatten. Nicht direkt daneben, zwei Häuser weiter, und ich hier, in Hietzing. Die Villa habe ich in den Fünfzigerjahren gekauft, zu einem günstigen Preis, die Besitzer waren drauf und dran, sie abzureißen, hier draußen wollte niemand wohnen, überhaupt in Wien wollte damals niemand wohnen, dreckig, alt, grau, Welthauptstadt der Spionage, zu viele Hunde, das Haus war verwahrlost, aber in sehr gutem Zustand. Böden abschleifen, Wände streichen, durchputzen, fertig. Den Garten sanieren, das war alles.«

Nach dem Essen sagte Frau Perleman-Jacob, ich solle mir etwas Süßes für den Nachmittag kaufen. Gleich neben dem »Plachutta« war die Konditorei »Dommayer«, ich nahm auf ihre Empfehlung zwei Cremeschnitten.

Zu Hause dann sagte sie, dass ich der Einzige sei, dem sie diese Geschichte erzähle, und fuhr fort:

»Das war natürlich aufregend, über die Eisenleiter hinauf in die 2. Klasse zu klettern. Aber nicht ungefährlich war es. O nein! Ich wäre tief abgestürzt und hätte mich nicht aus dem Wasser retten können, die Flanke des Schiffes war ja wie die glatte Wand eines Wolkenkratzers. Ich habe einfach nicht hinuntergeschaut.

Nachdem der Kutter angelegt hatte und wieder abgefahren war, überschlugen sich beim Frühstück, beim Mittagessen und beim Abendessen die Theorien, das habe ich ja schon erzählt. Ich glaubte nicht, dass Monteure an Bord gegangen waren, um etwas zu reparieren. So ein Schiff ist ja keine Nähmaschine. Ich dachte, die haben jemanden gebracht. Jemand Wichtigen, jemand Großen, jemand Berühmten. Einen Heiligen, sagen wir es heraus. Jemand, der dieses Schiffes würdig war. Das Heilige sollte aus Russland ausgewiesen werden. Und auch wenn man es nicht mehr wollte, es war das Heilige, und für das Heilige stand ein Luxusschiff zur Verfügung, was sonst. Nach nichts sind die Russen so verrückt wie nach dem Heiligen, nicht einmal nach dem Wodka. Was interessierten mich Monteure? Sagen wir so: Der Kutter hat meine Lebensgeister aufgeweckt. Abenteuer. Es war kein Kommando an Bord gegangen, um uns zu erschießen. Das wäre nicht abenteuerlich gewesen. Da wären keine Fragen offengeblieben. Jetzt waren Fragen offen. Abenteuer heißt immer offene Fragen.

Ich nahm mir vor, das Schiff zu erkunden. Das ganze Schiff nämlich. Das war, wie wenn ich eine Stadt hätte erkunden wollen. Zunächst wollte ich die 2. Klasse über uns kennenlernen. Ob da wirklich niemand war. Bisher hatte ich sowohl die 3. als auch die 2. Klasse nur backbord kennengelernt. Den Korridor war ich abgegangen und die Liegeterrassen oben. Ich hatte an den Türen der Kabinen gerüttelt. Alle verschlossen. Und nicht einmal über die ganze Länge war ich die Korridore und Terrassen abgegangen. Wahrscheinlich, so nahm ich an, höchstens die Hälfte einer Schiffsflanke, ein Drittel nur. Der Korridor der 3. Klasse endete, ich habe die Schritte gezählt, ich schätzte, bei einem Drittel der Gesamtlänge des Schiffes. Ich habe mir das Schiff von außen ja lange genug angesehen, ich hatte seine Proportionen im Kopf. Als wir am Pier gewartet hatten, habe ich es mir genau angesehen. Niemand hatte geglaubt, dass wir auf dieses Wunder von einem Schiff verladen würden. Es stand da wie eine prachtvolle Erinnerung. Nach etwa einem Drittel der Länge unseres Korridors war eine Eisentür, und die war verschlossen. Oben in der 2. Klasse das Gleiche. Keine Eisentür dort, sondern eine aus Holz, aus schwerem lackiertem Holz, das sich unter meinen Händen vornehm anfühlte. Was war hinter den Türen? Wahrscheinlich ein Zugang zu den Gesellschaftsräumen. Oder zum Sonnendeck.

Interessant erschien mir nur eine Frage: Sind wir allein? Abgesehen von der Mannschaft, die es braucht, um so ein Schiff überhaupt in Gang zu setzen. Und wenn es gar keine Mannschaft gäbe? Wenn die Mannschaft abgeholt worden wäre mit dem Kutter? Wenn wir nun tatsächlich allein wären auf diesem Schiff, das so groß war wie eine Stadt? Zehn Menschen. Ein Geisterschiff … Das war natürlich Quatsch! Man opfert nicht so eine Pracht, nur um den Fliegenden Holländer nachzustellen. Alles sprach dafür, dass ein weiterer Gast an Bord gebracht worden war. Nicht weil man ihn im Hafen von Sankt Petersburg vergessen hatte, sondern weil man nicht riskieren wollte, dass er gesehen wurde. Von uns nicht und auch von sonst niemandem, der sich zufällig am Pier herumtrieb. Und auch, damit er selbst nicht wissen sollte, dass man ihn auf dieses Schiff bringt, auf diesen Luxusdampfer, der ganz so aussah, als würde er ins Jenseits fahren.

Manchmal dachte ich, ich bin die einzige Vernünftige. Die Vernünftigen haben oft das Gefühl, ihnen platzt der Kopf. Das ist übrigens ein Gedanke, den ich oft in meinem Leben hatte. Dass ich die einzige Vernünftige bin. Alle um mich herum sind verrückt.

Mir fällt ein … Eine schöne gute Stunde … mit Herrn Sidorow. Er war auch ein Vernünftiger. Einmal war er allein im Speisesaal, seine Frau ruhe ein wenig, sagte er. Meine Eltern ruhten ebenfalls. Alle anderen ruhten auch. Wie das klingt … wie in einem Sanatorium. Er sagte: Setz dich zu mir. Wir könnten uns ein wenig unterhalten. Er griff in seine Jackentasche und holte ein Stück Kuchen heraus, eingewickelt in ein Taschentuch. Der sei zwar nicht mehr ganz frisch, sagte er, es sei eine Art Lebkuchen, deutsches Rezept, die werden nur besser, je älter sie sind, man müsse ein Stück abbrechen und es eine Minute im Mund aufweichen, etwas Besseres gebe es nicht. Es war schwer, den Kuchen mit dem stumpfen Messer zu teilen, wir hämmerten mit der Faust auf den Stumpf des Messers, schließlich gelang es uns. Ob ich Rätsel mag, fragte er. Was für Rätsel, fragte ich zurück. Wir beide mit vollem Mund. Nicht, was mit unserem Schiff wird oder was mit uns wird, sagte er und lächelte fein und schüchtern ironisch. Ein Denksporträtsel.

Aber nur, wenn Sie mir die Auflösung nicht verraten, sagte ich.

Er versprach es.

Auch nicht, wenn ich Sie darum bitte.

Er versprach es.

Einem Verbrecher droht die Todesstrafe, aber weil der Staat

human ist, darf er sich aussuchen, auf welche Art und Weise er hingerichtet wird. Er soll einen Satz sagen, irgendeinen. Ist der Satz richtig, wird er geköpft, ist der Satz falsch, wird er gehängt. Aber was der Gesetzgeber nicht bedacht hat: Daraus ergibt sich die Möglichkeit für den Verurteilten, dass er freikommt. Welchen Satz muss er sagen?

Ich dachte nach. Nach einer halben Minute bereits hatte Herr Sidorow ein schlechtes Gewissen. Soll ich's dir sagen, fragte er. Nein, sagte ich, Sie haben es mir versprochen. Er dachte, er überfordere mich. Er wollte nicht schuld sein, wenn ich glaube, ich sei dumm. Er hatte sich eingebildet, die da, die Göre, die ist eine Vernünftige, wie ich ein Vernünftiger bin, aber wenn sich jetzt herausstellt, dass ich mich geirrt habe, dann bin ich enttäuscht, und sie wird mir die Enttäuschung ansehen, weil ich mich nicht verstellen kann, und das wird sie kränken. Er sagte, fast niemand ist draufgekommen, es ist keine Schande, wenn man nicht draufkommt. Ich sagte, er soll es mir auf keinen Fall verraten. Auch wenn wir uns später irgendwann treffen, und sei es in zwanzig Jahren, sagte ich, dürfen Sie mir die Auflösung nicht verraten. Ich verspreche es, sagte er wieder, obwohl ich in zwanzig Jahren sicher nicht mehr lebe. Ich sagte, der Satz lautet: Ich werde gehängt. Denn: Wird er gehängt, wäre der Satz richtig, und er hätte geköpft werden müssen. Wird er aber geköpft, dann wäre der Satz falsch, und man hätte ihn hängen müssen.

Da schlug der liebe Herr Sidorow mit der flachen Hand auf den Tisch, dass die Tassen schepperten. Ich sei eine Sensation, jauchzte er, ein Genie. Noch niemand habe so schnell dieses Rätsel aufgelöst. Er müsse unbedingt mit meinen Eltern sprechen. Ich müsse unbedingt Mathematik studieren. Die Mathematik brauche Köpfe wie mich. Logik! Logik! Denken außerhalb der Schablone! Gratuliere! Das kam mir dann doch übertrieben vor. Eine gute Stunde waren wir allein, dann kam seine Frau. Sie stellte sich hinter ihren Mann, lächelte und massierte seine Schultern und tat, als wäre ich gar nicht anwesend …

Ach, bitte, brühen Sie mir eine Tasse Tee auf. Und bitte lassen Sie sich Zeit, ich muss ein paar Minuten ruhig sitzen. Sie machen mich nervös. Essen Sie die Cremeschnitte in der Küche, langsam und bedächtig, sie verdient es, und dann kommen Sie wieder.«

Eine halbe Stunde blieb sie allein. Aß im Stehen die Nachspeise, den Teller knapp unter dem Kinn. Mein Handy lag vor ihr auf dem Tisch, eingeschaltet. Falls Frau Perleman-Jacob laut vor sich hinredete. Was man bei einer Hundertjährigen erwarten durfte. In Selbstgesprächen sagt der Mensch, was er denkt. Könnte brauchbar für meine Arbeit sein. Im Fall, dass sie mir nicht alles sagte, was sie denkt.

Dann rief sie nach mir und erzählte weiter.

»Noch einen Tag lang, nachdem das Boot angelegt und wieder abgefahren war, herrschte Stille, dann hörten wir, dass sich unser Schiff wieder in Bewegung setzte. Wenn wir das Bullauge öffneten, hörten wir das Wasser unter dem Antrieb rauschen, spürten wir den Fahrtwind. Da machte sich Erleichterung bemerkbar unter den Passagieren. Man durfte sich als Passagier fühlen. Wir waren nicht liquidiert worden. So viel stand fest. Also warum sollte man es morgen tun? Oder übermorgen? Keiner fehlte. Es wurde sogar gelacht im Speisesaal. Herr Petrow mit seinem orthodoxen Gottglauben und seinem aufgeblähten Selbstbewusstsein erzählte seine wenig stubenreinen Witze.«

Frau Perleman-Jacob schwieg. Ich konnte im Halbdunkel ihr Gesicht nicht sehen. Hätte auch sein können, dass sie eingeschlafen war. War sie nicht.

Sie sagte: »Ich fand ihn. Den, von dem ich glaubte, dass man ihn mit dem Kutter an Bord gebracht hatte. Ganz oben in der 1. Klasse. Auf dem Sonnendeck. Dort saß er. Er wird – wie wir – gedacht haben, er ist allein auf dem Schiff. Mit ihm nur seine Leute, die sich um ihn kümmerten. Bewacht werden musste er nicht. Er saß im Rollstuhl und konnte sich nur wenig bewegen.«

Zwölftes Kapitel

»Es war Lenin.

O nein, ich habe ihn nicht erkannt! Obwohl ich ihn sehr genau sah. Er saß unter einer großen Lampe und las in einem Buch. Er war ausgeleuchtet wie von einem Scheinwerfer. Wie auf einer Bühne. Später, als ich in einer Biografie las … Oder nein, es war in den Lebenserinnerungen von Trotzki … Wieder nein, es war in Trotzkis Buch über den jungen Lenin … Da las ich, Lenin habe die Dunkelheit gehasst, er habe sich im Dunkeln gefürchtet. Was ja ein lustiges Detail ist – ein Revolutionär, der seine Arbeit hauptsächlich klandestin zu erledigen gewohnt ist, fürchtet sich vor der Dunkelheit! Als Kind konnte er nur schlafen, wenn die Öllampe brannte, und als er unter dem Zaren in die Verbannung nach Schuschenskoje in Sibirien geschickt wurde, hat er schriftlich um die Erlaubnis angesucht, dass in der Nacht in seinem Kämmerchen Licht brennen dürfe, weil er lesen und sich bilden wolle. Weil er sonst nicht schlafen konnte, weil er sich fürchtete. Das wäre die Wahrheit gewesen. Nur wenn sich sein Kindermädchen zu ihm legte, als er klein war, dann konnte er ohne Licht schlafen. Sein Kindermädchen hieß übrigens Elena, wurde Lena genannt, und wenn jemand den kleinen Wladimir Iljitsch Uljanow fragte, wem gehörst du, dann antwortete er, der Lena gehöre ich, ich bin *Lenin*. Der, der der Lena gehört. Habe ich gelesen. Bei Trotzki. Und wenn es einen gibt, dem man glauben darf, dann Trotzki, der hat aus purem Bestemm gegen die Welt die Wahrheit gesagt, immer. Nun gut, bei einem Revolutionär, ich spreche von Lenin, klingt das nicht so zünftig, wenn er sich nach seinem Kindermädchen nennt. Ein Kampfname nach dem Kindermädchen? Deshalb hat man den Namen anders gedeutet: Lenin heißt ›Der von dem Fluss Lena Stammende‹, das ist ein Fluss in Sibirien, was dann so viel hieß wie: Ich war in der Verbannung. Was wiederum hieß: Ich bin ein Revolutionär. Ich erinnere mich aber auch an eine weitere Auslegung des Namens, wie es uns in der Schule erzählt wurde. Es war ja wichtig, dass wir Kinder auf Russland stolz sind, auf die Revolution vor allem, aber auch auf unsere Dichter, Leo Tolstoi ganz vorne. Über den soll Lenin gesagt haben, er sei der Spiegel der russischen Revolution. Und Tolstoi hat eine Erzählung geschrieben, die heißt ›Die Kosaken‹, und der Held dieser Erzählung heißt Olenin, der wird in die Verbannung geschickt, wie der junge Wladimir Iljitsch, und den habe er sich zum Vorbild genommen, aus Olenin hat er Lenin gemacht, einfach das O weg. O heißt Staunen, und staunen über die Welt wollte er nicht, verändern wollte er sie. Die Quelle für diese Anekdote sei, so erzählte uns unser Lehrer, Nadeschda Konstantinowna Krupskaja, die Frau Lenins, die wird's ja wohl wissen. – Aber das sind Anekdoten … Man hat die gern erzählt, und man hat sie erzählen dürfen … Im Gegenteil, als ich ein Kind war und in der Schule, da haben die Lehrer solche und ähnliche Geschichten über diesen Mann erzählen *sollen*! Das war quasi Lehrplan. Man wollte ihn menschlich aussehen lassen. Und doch nicht allzu menschlich. Unvollkommene Götter interessieren uns mehr als vollkommene Menschen. Ein zu uns herabgestiegener Gott, das kennen wir ja. Im Fall Lenin ein Gott ohne Himmel, sozusagen. Das Gehirn der Revolution, das war er. Ein Gehirn, wie es kein anderes auf der Welt gab. Wenn in der Schule über Lenins Gehirn gesprochen wurde – schon zu seinen Lebzeiten wurde über sein Gehirn gesprochen, nach seinem Tod habe man es seziert, in hauchdünne Schichten geschnitten, um das Großartige darin zu entdecken, so wurde überall herumerzählt, und so steht es in den Geschichtsbüchern –, in fast jedem Unterrichtsfach wurde irgendwann über dieses großartige Gehirn gesprochen … Um uns zu versichern, dass wir in guten Händen sind. Gutes Gehirn, gute Hände. In jeder Klasse hing ein Bild von ihm. Ein mongolisch dreinschauender, ernster Mann mit vielen Gedanken hinter der Stirn, draufgängerisch und zugleich schwerfällig, dickschädelig, verschlagen, charismatisch, schlau, skrupellos, Krawatte und ohne Gnade. Er schaut dich nicht direkt an. Er schaut dir auf den Mund, in die Augen nicht. Hüte dich, was du sagst!

So sah dieser hier nicht aus. In dem Rollstuhl saß halb, halb lag ein sehr altes, sehr krankes Wesen. Eine Mütze auf dem Kopf, aber nicht die Kampfmütze, eher eine Schlafmütze, die Schlafmütze einer Karikatur. Die Augen hohl und groß. Knebelbart und Schnauzer, Ohrenschützer. Haut und Knochen. Eingehüllt in mehrere Decken. Bis zum Hals hinauf. Gerade die Hände schauten heraus. Handschuhe. An der linken Hand, der gesunden, mit abgeschnittenen Fingerspitzen. Ich war im Dunkeln, versteckte mich hinter einem mächtigen, prächtigen Strandkorb und beobachtete ihn. Er hielt ein Buch, steil hielt er es, das war, weil er die Hand nicht bewegen konnte, mit der er den Buchdeckel festhielt, zwischen die Finger hatte er sich das Buch geklemmt. Oder war ihm geklemmt worden. Ich sah, was für ein Buch er las, so nahe war ich bei ihm. Es war ›Ruf der Wildnis‹ von Jack London. Ich habe mir das Buch später besorgt.

Lenin war zweiundfünfzig! Lächerlich! Er hatte etliche Schlaganfälle hinter sich. Vier oder fünf oder sechs sogar. Eine Seite seines Körpers war gelähmt, die Finger der rechten Hand waren ineinander verkrallt, das sah ich durch den Handschuh hindurch. Ein paar Jahre zuvor war ein Attentat gegen ihn gescheitert. Eine Frau hatte auf ihn geschossen, an der Schulter und am Hals war er getroffen worden. Die Kugel im Hals konnte nicht entfernt werden. Manche sagen, das Blei habe sein Gehirn vergiftet. Dieses unvergleichliche Gehirn!

Ich beobachtete ihn. Verhielt mich ruhig. Nicht vor ihm fürchtete ich mich, auch wenn mir klar war, dass er etwas Besonderes sein musste, sonst würde er nicht auf der Sonnenterrasse der 1. Klasse sein. Der Mann, wer immer er auch war, hatte sicher Leute um sich, die sich um ihn kümmerten, vor denen, so dachte ich, vor denen muss ich mich in Acht nehmen. Neben seinem Rollstuhl war ein kleines Tischchen, darauf ein Teeglas und eine Glocke. Ich nahm an, die Glocke diente dazu, jemanden zu rufen, wenn Bedarf war.

So hockte ich also auf den Fersen und schaute. Ich weiß nicht wie lange. Und eigentlich interessierte mich der da bald nicht mehr. Ich hatte bestätigt bekommen, was ich mir zurechtgelegt hatte, nämlich dass jemand über das Boot an Bord gebracht worden war, aber dieser Jemand war ein gebrechlicher Mann, von dem keine Gefahr ausging. Kein Abenteuer.

Mir wurde kalt, und ich kroch rückwärts, und dabei stieß ich mit dem Fuß irgendwo an, und irgendetwas fiel herunter. Der Mann ruckte mit dem Kopf, und da sah er mich. Wer ich sei, fragte er, ich solle vor ihn hintreten. Er tat sich schwer beim Reden. Als hätte er eine geschwollene Zunge im Mund, an der vorbei er schieben müsste, was er sagen wollte.

Ich stellte mich auf die Füße und trat näher an ihn heran, blickte mich um, sah aber niemanden.

Wer bist du?, fragte er.

Das möchte ich nicht sagen, antwortete ich.

Das ist eine gute Antwort, sagte er. Einerseits aber nur. Er brauche nämlich nur zu klingeln, dann käme ein Mann, ein großer, dunkler. Dann sei es eine schlechte Antwort gewesen.

Dem laufe ich davon, sagte ich.

Er läuft dir hinterher.

Ich bin schneller.

Er erwischt dich trotzdem.

Ich verstecke mich.

Er findet dich.

Das war alles nicht ernst gemeint. Er schien gar nicht überrascht über mich. Was machst du auf dem Schiff?, fragte er. Er hat sogar gelächelt. Bildete ich mir ein. Wie man mit einem kaputten Gesicht halt lächeln kann.

Ich wohne hier, sagte ich.

Du wohnst auf dem Schiff?

Vorübergehend.

Allein?

Nicht allein.

Wer noch?

Meine Eltern.

Arbeiten deine Eltern auf dem Schiff?

Nein.

Was denn?

Wir werden irgendwohin gebracht.

Wohin wir denn gebracht werden?, wollte er wissen.

Ich antwortete nicht, sondern fragte dagegen: Werden Sie auch irgendwohin gebracht?

Nein, sagte er.

Warum sind Sie dann auf dem Schiff?

Darauf antworte er nicht.

Ich muss dazusagen: Wenn ich das so erzähle, dann klingt das wie ein flotter Dialog. Das war es nicht. Es waren immer wieder lange Pausen zwischen ihm und mir. Die sollen Sie sich dazudenken. Er musste kräftig Luft holen. Und ob wir genauso geredet haben, das möchte ich bezweifeln. Nach so vielen Jahren erinnert man sich an Worte und Sätze, die anders waren, wenn Sie verstehen, was ich meine, das ganze Gespräch war anders, aber in Wahrheit war es … Was ist Wahrheit … Die Wahrheit ist die Erinnerung an sie.

Ich sagte: Wir werden aus Russland fortgebracht.

Und warum?

Das weiß ich nicht.

Er fragte, wer das angeordnet habe.

Also gut, dachte ich, sage ich halt auch das. Seit wie vielen Jahren war ich nun schon gefasst darauf, dass jeder Mann und auch Frauen, die mir begegneten, gefährlich sein könnten, ich meine damit, dass sie meiner Familie und mir etwas Böses antun könnten … Sicher schon seit fünf Jahren war ich gefasst darauf … So lange lag das erste Entsetzen meines Lebens zurück? Ich sage: fünf Jahre. Ich war ein selbstbewusstes Kind, nicht ängstlich, aber das Entsetzen hatte ich in mir … wie Kribbeln in den Fingern, das man nicht loskriegt. Ich war zehn Jahre alt gewesen, noch nicht zehn Jahre, da waren Mama, Papa und ich zusammen mit einem befreundeten Ehepaar aufs Land gefahren, ein bisschen befreundet waren wir wohl nur, denn ich weiß eigentlich nichts über sie. Das war, bevor wir aus unserer großen Wohnung ausziehen mussten. Meine Eltern sondierten die Lage, wenn ich mich so ausdrücken darf. Die Lage war der Bürgerkrieg. Sie überlegten, aus der Stadt wegzuziehen. Weil es zu gefährlich war. Mit einem Kind. In Sankt Petersburg ging der Teufel um. Das haben sich die Menschen auf der Straße zugeflüstert. Ich kannte niemanden, der an Gott glaubte und habe in meinem Leben nur wenige kennengelernt, an den Teufel aber glaubten die meisten. Gott ist gegangen, der Teufel ist geblieben. Und wenn es so ist? Immerhin trauten sich die Menschen damals noch, einander zuzuflüstern. Bald nicht mehr. Ob meine Mutter und mein Vater wieder Kontakt zu Nikolai Gumiljow aufnehmen wollten? Kann sein. Fortsetzung ihrer Beziehung in Paris? Kann sein. Liebe, Angst und Not zusammen geben einen festen Zement. Bestimmt hätte er ihnen in seinem Landgut Unterschlupf gewährt. Dass auch das Land bald keine Sicherheit mehr bieten würde, das hat er erfahren … Tür auf … Sind Sie Nikolai Gumiljow? Ja, der bin ich. Und abdrücken …

Aber zu Nikolai Gumiljow sind wir nicht gefahren. Wir kamen zu einem anderen Hof. Und das Haus haben wir erst gar nicht betreten. Was will ich erzählen? Ich will von meinem ersten Entsetzen erzählen … Und davon will ich erzählen, damit Sie begreifen, warum ich so wenig erschrocken war, als sich dieser Mann oben auf dem Sonnendeck selber als ›der Lenin‹ bezeichnet hat … Ich bin der Lenin, der Lenin, das bin ich. Hat er gesagt. Aber ein kranker Lenin, vor dem sich niemand auf der Welt zu fürchten brauchte … was er selber nicht kapiert hat, immer noch nicht. Wo war ich stehengeblieben?«

»Sie wollten von Ihrem ersten Entsetzen erzählen. Sie nennen es Ihr erstes Entsetzen. Warum?«

»Weil ich mich bis dahin noch über nichts entsetzt hatte. Können Sie sich an Ihr erstes Entsetzen erinnern?«

»Ich bin in den besten Jahren des vergangenen Jahrhunderts aufgewachsen und dazu noch in einer der besten Gegenden der Welt.«

»Kommen Sie nur ja nie auf die Idee, sich dafür zu entschuldigen!«

»Im Gegenteil«, sagte ich und versuchte, einen bitteren Sarkasmus in meine Stimme zu bringen, »wir sind neidisch. Weil der Weltgeist uns nicht einer Katastrophe für würdig erachtet hat.«

»Sie reden Unsinn!«

»Uns ist nichts anderes übriggeblieben, als die Weltgeschichte und ihre Katastrophen nachzuspielen.«

»Sie fantasieren! Und geben an. Sie sind ein Angeber. Soll ich zweifeln, ob Sie der Richtige für mich sind?«

»Ich bitte Sie darum: Zweifeln Sie!«

»Hören Sie auf! Ich rede! Nicht Sie! Nicht ich soll ein Buch über Sie schreiben, sondern Sie eines über mich! Worüber sich ein Mensch entsetzt, lässt sich weder messen noch vergleichen. Jeder hat sein eigenes erstes Entsetzen. Ich meine ein Geschehnis, bei dem Sie Zeuge wurden, und hinterher dachten Sie, nun könne es kein Glück mehr geben. Nicht nur für Sie kein Glück mehr, sondern für die ganze Welt nicht. Wenn *das* möglich ist, ist für Glück kein Platz mehr, so denken die Menschen. Das kann ja auch eine zerbrochene erste Liebe sein. Oder es kann etwas anderes sein. Wir haben die Stadt in einem Auto verlassen, ich saß meiner Mutter auf dem Schoß, wir waren zu fünft, die Eheleute, Mama, Papa und ich, ich meine, zehn Jahre alt. Wir standen vor dem Hof. Der Motor lief noch. Mir hat es hier gleich gut gefallen, die Umgebung, der Geruch und der Hahn, der gekräht hat, und in den Büschen zwitscherten Vögel, der warme Geruch vom Gras. Es war im Sommer. Die Sommer in Sankt Petersburg und rundherum, die waren unvergleichlich, in Sankt Petersburg ist der Sommer erfunden worden, der Duft, die Düfte … Weil der Sommer kurz ist, muss er sich sehr anstrengen. Eine Mauer um das Gehöft, nicht sehr hoch. Wenn ich hüpfte, konnte ich das Dach des Hauses sehen. Auf der Mauer wuchsen Grasbüschel. Das Tor war verziert, geschnitzt, geschnitzte Tiere. Es stand ein Stück weit offen. Der Mann, der uns gefahren hatte und dem wahrscheinlich das Auto gehörte, winkte uns, wir sollen ihm folgen. Aber wir hielten Abstand. Seine Frau sagte, sie wolle im Auto warten. Er befahl ihr mitzukommen. Das tat sie. Aber sie ging hinter uns her. Ich lief zu dem Mann, ich freute mich, und er nahm mich an der Hand und lächelte mich an und nickte aufmunternd. Als ob das hier eine Prüfung wäre, und ich würde geprüft, und er wünschte mir viel Glück. Dann rief er einen Namen. Bekam aber keine Antwort. Wir gingen weiter auf das Haus zu, ich konnte mir vorstellen, dass ich dort auf der kleinen Treppe zum Eingang sitze und mit einer Katze spiele, auf dem Land gibt es Katzen und kleine Hunde. Ich drehte mich um, sah, dass Mama und Papa und die Frau nicht weitergingen. Gerade ein paar Schritte waren sie durch das Tor gegangen. Der Mann und ich, wir gingen weiter. Die Tür zum Haus stand auch offen, einen schmalen Spalt. Er rief wieder den Namen. Und wieder bekam er keine Antwort. Er sagte, ich solle hier warten, solle mich auf die Treppe setzen und warten. Er ging an der Seite des Hauses entlang nach hinten. Meine Mutter winkte mir, dass ich zu ihnen kommen soll. Aber ich ging hinter dem Mann her. Ich war schon, wo meine Eltern mich nicht mehr sehen konnten, da hörte ich ihn schreien. Es war ein kurzer Schrei, nicht laut. Ich wollte sehen, was ist, und lief zu ihm. Erst sah ich nur ihn, wie er die Hände vors Gesicht hielt, und wie ihm die Knie weich wurden und er fast hingefallen wäre. Dann sah ich, warum das so war. Da war ein Baum hinter dem Haus, erst dachte ich, es hängt eine Art Windrad daran. Es war nämlich schon später Nachmittag, und die Sonne stand tief, und sie blendete mich. Ich sah nur die Umrisse. Wie einen Scherenschnitt. Dann dachte ich, es ist ein Mann, aber mit drei dünnen Beinen, und der hängt an einem Bein. Dann aber sah ich deutlich. Es war ein Mann, und er war nackt, das heißt, eine Jacke und ein Hemd hatte er an, die waren an seinem Bauch nach unten gerutscht, aber keine Hose, aber Schuhe hatte er an, viel zu große. Und das dritte Bein, das war kein Bein. An einem Bein hing er, Kopf nach unten, die Arme ausgebreitet, als würde er in seiner umgekehrten Welt jemanden empfangen. An einem Ast hing er, und das dritte Bein, das war eine Schaufel, sie sah aus wie ein drittes Bein, das aus seiner Mitte wuchs, und das Schaufelblatt sah aus wie ein viel zu großer Schuh. Der Stiel der Schaufel war dem Mann in den Anus gerammt worden. So hing er. Und war tot.

Das war mein erstes Entsetzen.

Der Freund meiner Eltern rannte auf mich zu und drückte mich an sich, so dass ich nichts sehen konnte, und wir liefen um das Haus herum zurück, er zerrte mich. Er sagte zu mir: Du hast nichts gesehen! Was du gesehen hast, war etwas anderes! Es war nicht das, was du gesehen hast! Kann man so sprechen? Er hat so gesprochen. Und bevor wir Mama und Papa und seine Frau erreicht haben, hat er mich an den Armen festgehalten und noch einmal gesagt: Du hast nichts gesehen. Und hat mir befohlen: Darum sagst du nichts! Versprich mir, dass du kein Wort zu meiner Frau sagst! Dass seine Frau nämlich schwanger sei. Ich nickte nur. Dann gingen wir zu Mama und Papa und der Frau des Mannes und zwangen uns zu gehen, wir hätten ja rennen wollen, und der Mann sagte: Es ist niemand hier. Die sind auch schon weg. Kann man nichts machen, die sind weg. Er zwang sich, langweilig zu sprechen. Also, sagte er, fahren wir wieder in die Stadt zurück, war halt ein Ausflug ins Grüne. Seine Frau schrie: Das will ich nicht, das will ich nicht! Ich will nicht in die Stadt zurück! Da hat er zurückgeschrien, sie soll endlich ihren blöden Mund halten. Und sah sie an mit verschwollenem Blick. Wir sind wieder zurück nach Sankt Petersburg gefahren. Kein Wort ist geredet worden. Meine Eltern haben mich nicht gefragt, was hinter dem Haus war. Nie haben sie gefragt. Auch in Berlin in der Freiheit nicht. Und ich habe mit niemandem darüber gesprochen. Mein ganzes Leben lang habe ich mit niemandem darüber gesprochen. Sie dürfen sich etwas einbilden. Sie sind der Erste.

Reden wir morgen weiter.«

Dreizehntes Kapitel

An diesem Abend rief ich einen Freund an, Carlo Giesberg aus Gelsenkirchen-Buer, da war es schon nach zehn Uhr.

Mit Carlo hatte ich vor über dreißig Jahren in Frankfurt zusammengewohnt. Er hatte Geschichte und Politikwissenschaft studiert, ich Philosophie und Mathematik. Wir waren immer gut miteinander ausgekommen, nie hatte es einen Streit gegeben, viel gelacht haben wir. Nach Ende des Studiums war ich nach Österreich zurückgekehrt und er nach Gelsenkirchen, wo seine Eltern lebten. Ich hatte beim Österreichischen Rundfunk zu arbeiten begonnen, in der Literaturabteilung. Ich hatte Monika geheiratet, wir hatten zwei Kinder bekommen, und irgendwann war es uns möglich gewesen, vom Schreiben zu leben. Carlo nahm eine Stellung als Zeitungsredakteur an, Ressort Innenpolitik. Manchmal telefonieren wir.

Während zweier Jahre seines Studiums war Carlo Mitglied des KBW gewesen, das war der »Kommunistische Bund Westdeutschlands«. Er selbst hatte sich, als wir uns kennenlernten, als Maoist und Stalinist bezeichnet, und Pol Pot, den kambodschanischen Bruder Nummer 1, nannte er einen »im Übermaß konsequenten Mann«. In der Todesraserei dieser drei Despoten sah er »ein zwar bedauerliches, aber notwendiges Erfordernis der Geschichte«. Ich hatte eine Zeitlang mit der RAF sympathisiert, der »Roten Armee Fraktion«, die in den Siebzigerjahren mit ihren Morden, Anschlägen und Entführungen die Bundesrepublik Deutschland in Panik versetzt hatte. Die Männer und Frauen sahen aus wie Rockstars, das gefiel mir. Ihren Terror rechtfertigte ich vor mir selbst und vor anderen damit, dass ein erneutes Ausbrechen des Faschismus unbedingt verhindert werden müsse. Die Weinerlichkeit der RAF-Sympathisanten hingegen stieß mich ab. Als Holger Meins im Gefängnis in den Hungerstreik trat und zwangsernährt werden sollte, klagten sie, der Staat übe brutale Gewalt aus, Zwangsernährung sei moralisch verwerflich, und als er starb, klagten sie, der Staat habe ihn ermordet. Wenn ich mit Carlo darüber diskutierte, zeigte er Unverständnis in alle Richtungen. Die RAF sei eine kleinbürgerliche Veranstaltung, sagte er und gab mir Lenins Schrift »Der ›Linke Radikalismus‹, die Kinderkrankheit im Kommunismus« zu lesen.

Eines Nachts in nüchternem Zustand erhob sich Carlo plötzlich von unserem Küchentisch, schob das Schachbrett zu mir herüber, dehnte sich und seufzte: »Was bin ich für ein Arschloch! Was bin ich doch für ein blödes Arschloch!«

Daraufhin trat er aus dem KBW aus. Er sagte zu den Genossen – den nun ehemaligen Genossen –, er schäme sich, er schäme sich entsetzlich. Und die ausstehenden Mitgliedsbeiträge werde er nicht bezahlen.

Sie fragten: »Wofür schämst du dich entsetzlich?«

Er antwortete: »Für zwei Jahre meines Lebens.«

Wenige Tage später klingelte es an unserer Tür. Es war später Vormittag, Carlo und ich frühstückten gerade, er in seinem verschlissenen Morgenmantel, dunkelblau mit Sternenpünktchen. Ich öffnete, draußen standen eine Frau und ein Mann. Sie stellten sich vor, die Namen habe ich vergessen. Beide waren auf eine Weise werktätig gekleidet, die mehr über ihre Gesinnung aussagte als ein Parteibuch. Sie wollten mit Carlo sprechen.

Er kam aus der Küche, blieb aber hinter mir stehen.

»Ist das wie beim Kirchenaustritt?«, fragte er. »Ein Bekehrungsgespräch?«

»So ähnlich«, sagte die Frau.

»So ähnlich«, sagte der Mann.

»Wir möchten, dass du mit uns kommst«, sagte sie.

»Eine Stunde bist du uns schuldig«, sagte er.

»Du musst nicht, Carlo«, sagte ich.

»Es ist ja nur eine Bitte«, sagten die beiden, ohne mich anzusehen. »Nur eine Bitte.«

Carlo meinte, das sei er seinen ehemaligen Genossen schuldig.

»Ich werde mich aber nicht rechtfertigen«, sagte er.

»Das brauchst du nicht«, sagten sie.

»Also dann, Micha«, sagte er zu mir. »Stell inzwischen das Schachbrett neu auf, in einer Stunde bin ich wieder hier.«

»Du musst das nicht tun, Carlo«, sagte ich noch einmal.

»Wir wollen uns nur mit ihm unterhalten«, sagte die Frau und schaute mich nun zum ersten Mal an. »Wer bist du, dass du uns das verbieten willst?«

»Mein Name ist Niemand«, sagte ich und kam mir intelligent vor, als hätte ich einen Dichter zitiert, was ich ja auch habe.

Er wolle sich nur noch etwas anziehen, sagte Carlo. Das sei nicht nötig, sagten die beiden. Nein, er könne nicht im Morgenmantel und Hausschlapfen, sagte er. Doch er könne, sagten sie. Also tat er es.

Carlo kam an diesem Abend nicht nach Hause. Er blieb über Nacht weg. Am nächsten Tag gegen Mittag ging ich zur Polizei. Ich erzählte den Beamten, was gewesen war. Ich erzählte ihnen von den Methoden des stalinistischen NKWD in den Dreißigerjahren. Dass damals die Genossen auch abgeholt worden seien, dass die damaligen Geheimdienstler ähnlich gesprochen hätten. Die Polizisten sahen mich mit hängenden Augenlidern an. Mein Freund sei erwachsen, sagten sie. Wenn sie sich um jeden Studenten kümmern müssten, der in Frankfurt eine Nacht nicht nach Hause kommt … meine Herrn!

Am Abend tauchte Carlo auf. Verdreckt. Barfuß. Zerkratzt. Matsch bis zu den Knien. Der Morgenmantel zerrissen. Hungrig und müde. Nicht gleich, aber am nächsten Tag oder am übernächsten, erzählte er. Der Mann und die Frau, beide nicht älter als er, also um die Mitte zwanzig, beide noch immatrikuliert, aber in keinem Fachbereich inskribiert, waren mit einem VW-Bus gekommen. Mit innen verklebten Seitenscheiben. In dem Bus saßen drei Genossen und eine weitere Genossin. Kein Gruß, kein Wort. Sie fuhren mit Carlo aus Frankfurt hinaus, fuhren mit ihm bis spät in die Nacht hinein kreuz und quer durch die Gegend, antworteten nicht, wenn er etwas fragte, schauten ihn nicht an, redeten untereinander nicht, und setzten ihn schließlich irgendwo mitten in einem Wald aus. Eine der Genossinnen sagte zu ihm:

»Und denk dran: Du bist hier nicht allein.«

Dann fuhr der VW-Bus ab.

Es war Neumond und so dunkel, dass er nichts sah. Wahrscheinlich hatten sie absichtlich bis Neumond gewartet. Es war im Sommer, er fror nicht, das war immerhin gut. Er setzte sich an einen Baum, atmete bei offenem Mund, weil er meinte, das mache weniger Geräusch in seinem Kopf. Angst habe er eigentlich nicht gehabt. Ungemütlich sei ihm aber schon gewesen. Er habe gedacht, er bleibe die Nacht über im Wald sitzen, am Morgen gehe er los. Egal, in welche Richtung er ginge, irgendwann würde er irgendwo auf eine Straße treffen oder auf einen Schienenstrang. Schließlich war er in der Bundesrepublik Deutschland und nicht im Urwald der Demokratischen Republik Kampuchea. Jedenfalls hoffte er, er sei in Deutschland. Und dann habe er gehört, dass jemand in der Nähe war. Er hörte Schritte. Er habe gerufen: »Also, komm schon her, du Arschloch!« Aber es sei niemand gekommen. Nur Schritte habe er gehört. Er rief: »Komm her, du Arschloch, ich reiß dir den Kopf ab! Ich beiß dir ein Loch ins Gesicht!« Er habe um sich gefuchtelt. Habe sich gedacht, wenn ich den Verrückten spiele, dem alles zuzutrauen ist, den Wahnsinnigen, dann lassen sie mich. Wieder habe er Schritte gehört, die aber liefen von ihm weg. Eilige Schritte, panische Schritte, wie ihm schien. Und er habe gebrüllt wie ein Wahnsinniger und habe darüber selber lachen müssen, was ihm selber unheimlich vorgekommen sei. Dann habe er ein Motorrad gehört, das ist davongefahren, noch lange hat er es gehört. Und Stille.

Das sei auch schon alles gewesen, erzählte er. Sobald es hell war, sei er losgezogen. Am Nachmittag kam er zu einer Straße.

Dort stand er zwei Stunden lang, bis einer vorbeifuhr. Dem Fahrer erzählte er, er habe zusammen mit Freunden in der Nacht gesoffen. Er wisse nicht, wo er sei. Da habe der Fahrer gelacht, allerdings ziemlich ängstlich habe er gelacht, und habe ihn bis nach Frankfurt mitgenommen. So wie er sei, sei er durch die Stadt gegangen und heim.

Ich sagte: »Carlo, du musst sie anzeigen!«

»Nein, ja, nein«, sagte er. »Es ist nicht schön, was sie mit mir angestellt haben, aber es sind Kindereien. Sie spielen Stalinismus. Und haben selber Schiss davor.«

Ich fragte am Telefon, ob er sich an diese Tage erinnere.

»Freilich«, sagte er. »Ich habe mir in die Hose gemacht.«

»Das habe ich anders in Erinnerung«, sagte ich. »Du hast gesagt, es sei eine Kinderei, sie spielen nur.«

Wir haben in den vergangenen Jahren öfter miteinander telefoniert, immer wieder, zu unseren Geburtstagen zum Beispiel. Über diese Sache allerdings hatten wir nie gesprochen.

»Die RAF hat ihre eigenen Leute erschossen«, sagte er, »der KBW nicht. Jedenfalls nicht, dass ich wüsste. Sie hätten es irgendwie gern getan, das schon, aber sie hatten Schiss. Sie hatten Schiss, das spricht irgendwie für sie. Weil sie nicht wussten, wie Stalinismus geht, darum hatten sie Schiss. Und weil sie nicht wussten, was dann aus ihnen werden wird, wenn es kein Spiel mehr ist.«

»Hast du Kontakt zu einem von denen, heute?«, fragte ich.

»Freilich«, sagte er. »Zu der Gerlinde. Das ist die, die mich abgeholt hat zusammen mit dem Genossen. Wenn du dich erinnerst. Sie wohnt in Bottrop. Das ist keine Stunde von mir entfernt. Sie hat ein Nähgeschäft, mehrere Nähgeschäfte in der Umgebung. Ich werde sie morgen anrufen und ihr erzählen, dass du und ich darüber geredet haben. Sie hat von ihrem Führungsoffizier damals den Befehl bekommen, mich zu liquidieren. Das Komische dabei ist, sie wusste genau, dass er das nicht so meinte. Dass es ihm nur darauf ankam, wie es sich anfühlt, wenn man so einen Satz ausspricht: Genossen, liquidiert ihn! Starres Gesicht, Leninkappe, wenn du verstehst, was ich meine. Natürlich hat sie nie daran gedacht, mir etwas anzutun. Das Komische ist, der Typ, der sich Führungsoffizier nannte, der hat dann selber die Panik gekriegt, selber Schiss gekriegt, als sie weg waren mit dem volkseigenen VW-Bus, die Gerlinde und der andere und die anderen. Er hat sich gedacht, vielleicht nehmen sie das tatsächlich ernst. Vielleicht liquidieren sie mich wirklich. Und weißt du, was er gemacht hat? Er hat sich in derselben Nacht nach Holland abgesetzt oder nach England und dann weiter nach Amerika. Das hat man mir erzählt, ich weiß nicht mehr wer, einer von den ehemaligen Genossen. Verschwunden ist er für immer, die Arschgeige. Da müssen wir doch lachen, was meinst du, Micha? Ich habe jemanden aus dem Land vertrieben und habe es nicht gewusst …«

Ich fragte: »Waren die bewaffnet in dem VW-Bus?«

»Das waren sie. Sie haben mir eine Pistole gezeigt. Die war ein Erinnerungsstück aus dem Krieg, schätze ich. Einer hat die von seinem Vater geklaut.«

»Und wie ist das, wenn du heute mit der Frau darüber sprichst?«

»Mit der Gerlinde? Wir sprechen nicht darüber, sagte ich ja schon. Das wäre so, als ob wir über eine Seminararbeit von damals sprechen würden, die man angefangen und nicht fertig gekriegt hat.«

»Du solltest ihr nicht sagen, dass wir telefoniert haben. Tu das nicht. Mir wäre lieber, du würdest das nicht tun.«

Dass ich vielleicht recht habe, sagte er. Und fragte mich, warum ich damit angefangen habe. Es sei mir so eingefallen, antwortete ich. Ob ich davon geträumt hätte, fragte er.

»Geträumt? Warum geträumt? Nein.«

Eine Weile schwiegen wir, dann legten wir auf.

Ich erinnerte mich an die Zeit, als ich im Heim war, als Kind. Wie sehr ich Heimweh gehabt hatte. Dass ich die Handballen gegen die Augen presste, bis vor mir ein goldener Himmel erschien, Gold mit einem blauen Fleck in der Mitte, der sich allmählich ausbreitete.

Vierzehntes Kapitel

»Wer hat befohlen, dass ihr Russland verlassen müsst, fragte er.

Ich sagte: Der Lenin hat es befohlen. Der Lenin und der Trotzki haben es befohlen.

Und da sagte er es: Der Lenin, das bin ich. Ich bin der Lenin. Lenin bin ich.

Und ich glaubte ihm.

Herr Petrow hatte sich getraut, ihn den Teufel zu nennen. Satan. Die Gottessöhne, predigte er, die sich auf die Seite Satans geschlagen hatten, wie es in der Genesis und im Buch Hiob heiße, das seien Trotzki, Sinowjew, Kamenew, Radek, Jurowski, Swerdlow und so weiter, abgefallene Juden allesamt. Ich hatte die ganze Zeit über damit gerechnet, irgendwann dem Teufel zu begegnen. Also wunderte ich mich nicht. Und dass er aussah wie ein gebrechlicher Greis, wunderte mich auch nicht. In meinem kindlichen Kopf dachte ich, böse zu sein, ist anstrengend, sehr böse zu sein, ist sehr anstrengend, und wie böse dieser Teufel und seine Genossen waren und wie gut sie zu quälen verstanden, das hatte ich gesehen, und das konnte man jeden Tag sehen, da genügte nur ein Blick auf die Straße, die aufgeblähten toten Pferde, die Menschen, die sich an ihre Hosengürtel ketteten, die Schüsse in der Nacht. Beim

Frühstück war es. Plötzlich. Herr Petrow hatte das Kinn gereckt und laut gerufen, war von seinem Sessel aufgesprungen, den Bissen noch nicht hinuntergeschluckt, hatte aufgezeigt, als meldete er sich in einer Debatte zu Wort, aber es gab keine Debatte, still war es: Ja, ich traue mich, es auszusprechen, rief er. Lenin ist der Teufel! Ich kenne ihn! Ich war einer von ihm! Glaubt mir! Glaubt mir doch, um Himmels willen! Wenn Christen hier im Saal sind, dann sollen sie es wissen! Wenn Juden hier sind, dann sollen sie es wissen: Er ist der Satan! Er ist zu uns heraufgestiegen, Gott sei uns gnädig, Gott schütze uns! Herr Petrow sank auf seinen Stuhl zurück, stürzte seine Stirn auf die Fäuste. Der Mann, der immer als Erster sich meldete, der unser Führer sein wollte, der Besserwisser, der Diskussionsleiter, er schluchzte. Seine Frau legte ihren Arm um ihn, sie sagte: Es ist gut, Grischa. Und diesmal ließ er sie. Meine Eltern glaubten an nichts, weder an den oben noch an den unten, aber als wir allein waren, sagte meine Mutter, sie könne den Petrow auf den Tod nicht leiden und sein Theater schon gar nicht, aber in diesem Punkt habe er recht, Lenin sei der Teufel und sein Trick sei, allen einzureden, es gebe den Teufel nicht.

Warum müssen wir aus Russland weg?, fragte ich.

Ob ich denn nach Russland zurückwolle?, fragte er.

Nein, sagte ich. Nie wieder. Ich will dieses Land nie wieder betreten.

Nach einer Weile, während der er immer wieder tief Luft holte, es rasselte und pfiff aus seinem Hals heraus, sagte er, und seine Stimme war auf einmal hoch, als spräche er mit der Kopfstimme: Ich weiß ja selbst auch nicht, warum ich hier bin.

Aber, sagte er, es könne gut sein, dass er es vergessen habe. Er fragte mich, ob ich das für möglich hielte.

Das glaube ich nicht, sagte ich. Das halte ich nicht für wahrscheinlich. So etwas Wichtiges vergisst man nicht. Vielleicht machen Sie eine Seereise, sagte ich. Sie wohnen sicher sehr vornehm. Immerhin 1. Klasse. Und das in so einem Schiff!

Darauf antwortete er nicht.

Willst du eine Tasse Tee trinken?, fragte er.

Gern, sagte ich.

Ich solle mich zu ihm setzen.

Es ist kein Sessel da, sagte ich.

Ich solle den Strandkorb zu ihm herüberschieben.

Das kann ich nicht, sagte ich, der ist zu schwer.

Ich solle es probieren. Aber ich müsse ihn wieder zurückschieben, sonst wissen seine Leute, dass jemand hier war.

Ich setze mich lieber auf den Boden, sagte ich.

Er habe leider keine zweite Tasse, sagte er, ich müsse aus seiner trinken. Er trinke auf der einen Seite, ich auf der anderen.

Das ist nicht nötig, sagte ich.

Er verspreche mir, dass er mich nicht verrate, sagte er. Aber ich müsse ihm auch etwas versprechen.

Was denn?, fragte ich.

Dass du morgen wiederkommst.

Und warum soll ich morgen wiederkommen?, fragte ich. Wir haben ja noch gar nicht richtig miteinander gesprochen. Sie kennen mich doch gar nicht.

Nicht wegen dem Miteinandersprechen sei es, sagte er, und nicht wegen dem Kennenlernen. Heute hast du mich überrascht, sagte er. Überrumpelt hast du mich. Es gehen Dinge in meinem Kopf vor, sagte er, die ich nicht immer kontrollieren kann. Die will ich überprüfen. – Inzwischen müsse er sich sogar auf seine eigenen Gedanken vorbereiten.

Was er damit meine?, fragte ich. Ich setzte mich neben seinen Rollstuhl.

Ich dürfe mir ruhig eine seiner Decken nehmen, sagte er.

Das tat ich, sie roch nach Medizin.

Es könnte sein, erklärte er mir, dass er sich nur einbilde, dass ich mit ihm spreche. Das müsse er einkalkulieren, wenn er sich mit mir unterhalte. Das müsse er überprüfen. So weit sei es inzwischen mit ihm. Deshalb bitte er mich, morgen wiederzukommen. Wenn ich nicht komme, habe er guten Grund anzunehmen, ich sei auch heute nicht hier gewesen.

Da solle er getrost sein, sagte ich, das bilde er sich nicht ein. Das könne ich ihm versichern. Es gibt mich wirklich.

Er verzog sein Gesicht zu etwas wie einem Lächeln. Wie gesagt: zu so etwas wie. Angenommen, sagte er, ich bilde mir dich tatsächlich ein, dann bilde ich mir auch ein, dass du sagst, du seiest keine Einbildung. Wenn du eine Einbildung wärst, würdest du es nicht zugeben. Das gerade ist ja die Kraft einer Einbildung. Dass sie nie zugeben wird, sie sei eine. Dass ich die Decke von ihm genommen habe, werte er allerdings als ein gutes Zeichen. Denn die Decke sei tatsächlich von ihm genommen worden, und er habe das nicht getan. Er könne das gar nicht. Es muss jemand anderer getan haben. Und dieser andere könne durchaus ich sein. Ob ich das verstehe.

Natürlich verstehe ich das, sagte ich.

Es ist nicht einfach, das zu verstehen, sagte er und fragte, wie alt ich sei.

Vierzehn, sagte ich.

Eine Vierzehnjährige kann das nicht verstehen, sagte er. Das erhöhe die Wahrscheinlichkeit, dass er sich das alles eben doch nur einbilde. Die Decke, die könnte ja auch der Wind heruntergeweht haben.

Ich bin eine Vierzehnjährige, die sehr schwierige Rätsel lösen kann, sagte ich. Ich verstehe mehr als die meisten Vierzehnjährigen. Ich verstehe sogar mehr als die meisten Erwachsenen. Ich sagte: Das hat erst vor kurzem ein Mathematiker mir bestätigt.

Was für ein Mathematiker?, fragte er.

Irgendeiner, sagte ich.

Er merkte, dass ich vorsichtig wurde. Und wurde selbst vorsichtig.

Was denn *irgendein* Mathematiker sei?, fragte er. Es gibt nicht *irgendeinen* Mathematiker, es gibt nur diesen oder jenen oder einen anderen Mathematiker, aber nicht *irgendeinen.*

Mein Mathematiker ist mein Lehrer, log ich, der hat gesagt, dass ich einen sehr logischen Verstand habe.

Das ist gut, sagte er. Ich solle ihm so ein Rätsel sagen, das mir *mein* Mathematiker gestellt habe. Dann könne er testen, ob sein Verstand noch funktioniere.

Ich nannte ihm das Rätsel mit dem Delinquenten und dem einen Satz, der bewirke, dass er freikommt. So schnell löste er es, dass ich ihn fragte, ob er es gekannt habe.

Nein, sagte er. Fast wirkte er fröhlich. Aber gleich wieder nicht mehr. Es mache ihn selbst misstrauisch, dass er die

Lösung so schnell gefunden habe, sagte er. Das könne darauf hindeuten, dass er das Rätsel und dessen Lösung tatsächlich kenne, sich dessen aber nicht bewusst sei. Und das deute darauf hin, dass ich doch nur eine Einbildung bin. Dass er sich das Rätsel also selbst gestellt hat. Und sein Verstand nicht vorsichtig genug gewesen sei. Sonst hätte er so getan, als müsse er länger darüber nachdenken.

Aber, sagte ich, Sie hören sich selber reden, und Sie hören mich reden, und man spürt im Mund, ob man selber redet oder nicht. Aber ich könnte Sie auch zwicken, sagte ich.

Es würde auf das Gleiche hinauslaufen, sagte er. Sogar Schmerzen könne man sich einbilden. Schwerer sei es allerdings, sich einzubilden, man habe keine Schmerzen, wenn man tatsächlich Schmerzen hat. Warum kommt der Delinquent frei?, fragte er. Es gehe nicht logisch aus der Lösung des Rätsels hervor, dass er freikomme.

Weil er weder geköpft noch gehängt werden kann, sagte ich.

Dann wird man ihn eben erschießen, sagte er. Ob ich Schach spiele?

Ein bisschen könne ich Schach, sagte ich.

Er spiele gern Schach. Die meisten Partien in seinem Leben habe er allerdings gegen sich selbst gespielt. Weil er selten einen ebenbürtigen Gegner gefunden habe. Ich hätte einen Großmeister herausfordern können, sagte er. Aber das wäre unvorsichtig gewesen. Denn wenn er gewonnen hätte, wäre ich als Verlierer dagestanden, was unter keinen Umständen hätte sein dürfen. Wenn er gegen mich verloren hätte, hätte jeder gedacht, das sei Absicht gewesen, das sei ein Befehl gewesen.

Also war ich gezwungen, gegen mich selbst zu spielen, sagte er. Ich solle das einmal ausprobieren, gegen mich selbst Schach zu spielen. Ich müsse aber gerecht sein, ich dürfe weder Schwarz noch Weiß bevorzugen. Dazu brauche es Übung. Wenn Schwarz eine Strategie entwickle, wisse Weiß augenblicklich davon, also sei jede Strategie nutzlos. Es habe keinen Sinn zu versuchen, den einen oder den anderen zu überlisten. Man müsse strategisch ohne Strategie spielen. Man stürzt sich in den Kampf, dann sieht man weiter. *On s'engage et puis on voit!* Das hat Napoleon gesagt. Weißt du, wer Napoleon war?

Den Napoleon, den kannte jeder Russe. Auch eine vierzehnjährige Russin kannte ihn.

Er war so alt wie ich, als er starb. Er kicherte und fuchtelte mit seiner linken, gesunden Hand, und da fiel das Buch zu Boden. Ich hob es auf. Jetzt wisse er nicht mehr, auf welcher Seite er aufgehört habe zu lesen, bevor ich erschienen sei, sagte er.

Ich sei nicht erschienen, sagte ich, ich sei einfach da. Und ich wisse, wo er stehengeblieben sei. Ich blätterte und schlug die Seite auf und drückte ihm das Buch in die Hand. Bitte sehr, sagte ich.

Er sah mich an, die Lippen in den Mund eingesogen, die Augen tief in den Höhlen und groß wie schwarze Kugeln.

Ja, ich habe mir die Seite gemerkt, sagte ich. Das könne ein Beweis dafür sein, dass ich wirklich bin und nicht nur seine Einbildung, sagte ich, nicht nur eine Erscheinung.

Er nickte und kicherte. Man muss zugreifen, auch wenn man nicht weiß, was herauskommt, sagte er. Es sei nicht so wichtig, was entschieden werde, wichtig ist, dass entschieden wird.

Ein bitterer, saurer Geruch drang aus seinem Mund – Hunger, Angst, Hass … In sein Kichern hinein sagte er: Halunken wie ich werden nicht alt. Dann sagte er noch … Was sagte er noch … Dass manche Menschen mit Zähnen im Maul auf die Welt kommen … Dass der Wolf nicht die unglücklichen Rehe reißt, sondern die kranken … Dass unsere Bücher in den meisten Fällen widerlichste heuchlerische Lüge sind … Dass eine Geschichte über einen gut abgerichteten, braven und treuen Hund, der in der Eiswüste von Alaska ausgesetzt wird und sich in ein wildes Tier zurückverwandelt, mehr Wahrheit enthalten kann als die Werke mancher Philosophen … Die Welt … die Welt ist voller Prahlhänse …«

Das Letzte war nur mehr geflüstert.

Wir schliefen ein, wir beide, die Erzählerin und ihr Zuhörer, sie in ihrem Sessel, ich in meinem. Als wären wir mit dem Feenstab angerührt worden. Frau Perleman-Jacob schnarchte ein wenig und ich auch. Aber so tief, dass wir es nicht merkten, schliefen wir nicht. Wir lachten darüber. Sie sagte, entschuldigen Sie, ich habe geschnarcht, und ich sagte das Gleiche. Und wir schliefen weiter. Ich bildete mir ein zu hören, wie sie sagte: »Das nun ist unser Rettungsschlaf … Rettung vor dem großen Drachen … der mit Zähnen im Maul geboren wurde …«

Als ich mich an diesem Abend von Frau Perleman-Jacob verabschiedete, sagte ich und druckste herum: »Ich benötige eine Pause.«

»Eine Pause?«, fuhr sie auf. »Jetzt aber! Wofür?«

»Es ist anstrengend, Ihnen zuzuhören«, sagte ich, »und zugleich zu denken, wie mache ich ein Buch daraus …«

»Wie lange?«, fragte sie.

»Zwei Wochen«, sagte ich. »Ich möchte nach Hause zu meiner Familie fahren.« Meine Frau frage jeden Tag. Dort hätte ich Ruhe und könnte das Material sichten, das würde unserem Projekt guttun. Außerdem müsse ich mir Hintergrundwissen aneignen. Literatur über die Zeit damals …

»Nein«, sagte sie.

»Wie bitte?«

»Nein!«

»Hören Sie«, sagte ich und wollte zum Beispiel von Geld sprechen.

»Nein«, unterbrach sie mich abermals. Es sei nicht sicher, ob sie noch so lange lebe. »Vier Tage.«

»Sechs.«

»Nein.«

»Fünf.«

»Nein! Vier!«

»Dafür rentiert es sich aber nicht, nach Hause zu fahren!«, protestierte ich.

Sie: »Umso besser.«

Vier Tage. Die verbrachte ich in der Nationalbibliothek.

Fünfzehntes Kapitel

Am Abend des 30. August 1918 wartete die Anarchistin Fanny Kaplan im Hof der Michelson-Fabrik in Moskau auf Lenin. Er hatte zu den Arbeitern des Werkes gesprochen, wo während des Kriegs Granaten erzeugt wurden, nun trat er aus der Halle, um den Wagen zu besteigen, der ihn in sein Büro bringen sollte. Ein Zeuge berichtete, die Frau sei plötzlich vorgeprescht, einer habe sie aufhalten wollen, der stolperte und fiel hin, dann schoss sie. Sie traf Lenin an der Schulter und am Hals. Er brach zusammen und wurde ins Krankenhaus gebracht. Die Kugel in der Schulter konnte entfernt werden, die Kugel im Hals steckte nahe der Schlagader, eine Operation war zu gefährlich. Die Attentäterin ließ sich ohne Gegenwehr abführen. Lenins Leibwächter, hieß es, hätten sie vor den aufgebrachten Arbeitern geschützt, die hätten sie noch im Hof aufhängen wollen.

Frau Kaplan wurde in die Lubjanka gebracht und dort im Büro des Vorsitzenden der Tscheka, Jakow Peters, verhört. Das Verhör führte aber nicht Peters, der eigentlich dafür zuständig gewesen wäre. Er wurde nach Hause geschickt, ebenso sein Mitarbeiterstab. Das Verhör führten Jakow Michailowitsch Jurowski und Jakow Michailowitsch Swerdlow. Das war außergewöhnlich.

Jurowski war der Mann, der einen Monat zuvor die Ermordung der achtzehn Mitglieder der Zarenfamilie organisiert und befohlen hatte. Swerdlow war das amtierende Staatsoberhaupt von Sowjetrussland, nicht der wichtigste, aber der erste Mann im neuen Staat. Als außergewöhnlich bezeichnen manche Autoren, dass die beiden just in dieser Stunde überhaupt zur Stelle waren – Jurowski war am Tag zuvor ohne Angabe von Gründen aus Jekaterinburg angereist, Swerdlow ebenfalls am Tag zuvor, ebenfalls ohne Angabe von Gründen aus Sankt Petersburg. Als ob sie gewusst hätten, was bevorstand. Weder Jurowski noch Swerdlow besuchten Lenin im Krankenhaus.

Einige Historiker zweifeln, ob das Attentat tatsächlich so stattgefunden hat, zumal, abgesehen von dem genannten Zeugen, kein Bericht über den Vorgang vorliegt. Das Protokoll schildert das Verhör, wie es für die Tscheka, gelinde ausgedrückt, ungewöhnlich war. Die Attentäterin, so wird darin betont, sei höflich, sogar mitleidig behandelt, keinerlei Gewalt sei gegen sie angewendet worden.

Fanny Kaplan war achtundzwanzig Jahre alt und bezeichnete sich selbst als Anarchistin und linke Sozialrevolutionärin. Schon 1906 war sie an zwei Bombenattentaten beteiligt gewesen, damals gegen den Zaren. Bei einem der Anschläge war ihr linkes Auge so schwer verletzt worden, dass es bald darauf erlosch. Am anderen Auge war ihre Sehkraft seither stark eingeschränkt. Im Protokoll steht, sie habe ihre Tat gestanden, sich aber geweigert zu verraten, woher sie die Waffe bekommen hatte. Als Motiv gab sie an, sie halte Lenin für einen Verräter der Revolution.

Fanny Kaplan wurde drei Tage nach dem Attentat erschossen. Es fand kein Prozess statt. Wenigstens der Staatspräsident hätte darauf hinweisen müssen, dass die Todesstrafe seit einem Beschluss des 2. Sowjetkongresses von 1917 offiziell abgeschafft war. Aber der hatte sich auch nicht darum gekümmert, als Nikolaus II. und seine Familie im Keller des Ipatjew-Hauses in Jekaterinburg liquidiert worden waren.

Was weiter für Erstaunen sorgte: Ebenfalls am 30. August 1918, fast zur gleichen Zeit wie das Attentat auf Lenin, erschoss in Sankt Petersburg der junge Offiziersanwärter Leonid Kannegiesser den Chef der örtlichen Tscheka, Moissei Urizki. Jene, die daran zweifelten, ob Fanny Kaplan das Attentat auf Lenin begangen hatte – sie war ja fast blind –, vermuteten, dass zwischen den beiden Anschlägen eine Beziehung bestehe. Die einen meinten, damit hätten die Bolschewiki einen Anlass geschaffen, die Todesstrafe wieder einzuführen, um wirkungsvoller gegen ihre Widersacher vorgehen zu können und ihre Macht abzusichern – tatsächlich werden die beiden Attentate bis heute als der Beginn des Roten Terrors genannt. Klar ausgedrückt: dass eine Gruppe innerhalb der Bolschewiki sowohl für das Attentat auf Urizki als auch für das Attentat auf Lenin verantwortlich gewesen sei – ein ungeheuerlicher Vorwurf! Eine inszenierte Intrige gegen Lenin und seine Politik!

Es gab tatsächlich nicht wenige, die Lenin sein Lavieren zwischen einerseits aufpeitschender Rhetorik *gegen*, andererseits pragmatischer Anbiederung *an* das Deutsche Reich vorwarfen. Und dann gab es welche, die es sogar für möglich hielten, dass Lenin ein Spion der Deutschen sei. Ein Jahr zuvor, im April 1917, also mitten im Krieg, war er zusammen mit seiner Frau und seiner Geliebten Inessa Armand, mit Radek, Sinowjew und dessen zwei Frauen sowie gut zwanzig weiteren Genossen in einem verplombten Waggon von Zürich quer durch das Deutsche Reich nach Finnland und von dort nach Sankt Petersburg gebracht worden. Wilhelm II. war nicht nur damit einverstanden, der deutsche Kaiser hatte den Transfer des Revolutionärs nach Russland ausdrücklich gefördert. Er hoffte, Lenin würde Unruhe und Verwirrung stiften und so die Aufmerksamkeit und Schlagkraft des Zaren schwächen – der zwar sein Cousin, im Krieg aber sein Feind war. Deutschland galt den Kommunisten neben England als Inbegriff und Ausbund von Kapitalismus, Imperialismus und Ausbeutung, als der Klassenfeind schlechthin. Etliche Revolutionäre waren der Meinung, mit denen zu kollaborieren, könne mit keinen taktischen und strategischen Überlegungen gerechtfertigt werden. Dazu kam: Bei weitem nicht alle wollten sich im Krieg auf die Seite von Deutschland und Österreich-Ungarn und somit gegen Russland – immerhin ihr Vaterland! – entscheiden, wie es Lenin erst empfahl, dann *befahl.* Nachdem der Zar gestürzt war, unterzeichnete Trotzki im März 1918 in Brest-Litowsk einen Friedensvertrag zwischen Russland und den Mittelmächten. Die linken Sozialrevolutionäre, die zusammen mit den Bolschewiki die neue Regierung bildeten, waren vehement dagegen gewesen, sie hatten dafür plädiert, den Krieg weiterzuführen – bis zum Sieg Russlands. Auch sie warfen Lenin vor, er habe sich vom deutschen Kaiser kaufen lassen, und das sei Vaterlandsverrat. Fanny Kaplan war eine von ihnen.

Und das Misstrauen einiger Genossen gegenüber Lenin bekam neue Nahrung. Der deutsche Botschafter in Moskau, Wilhelm von Mirbach-Harff, sicherte im Auftrag seiner Regierung Lenin finanzielle Unterstützung zu. Es sei im deutschen Interesse, dass die Bolschewiki an der Macht bleiben. Was? Die Revolution sei im Interesse eines imperialistischen Landes? Für viele Revolutionäre war das ein nachgerade undenkbarer Skandal. Mirbach-Harff schätzte die notwendige Summe auf vierzig Millionen Reichsmark. Wenige Wochen später telegrafierte er an das Auswärtige Amt, weitere drei Millionen – monatlich! – seien nötig. Die vierzig Millionen wurden vom Reichsschatzamt umgehend überwiesen. Am 6. Juli 1918, also knapp zwei Monate vor dem Attentat auf Lenin, wurde Wilhelm von Mirbach-Harff von zwei linken Sozialrevolutionären in Moskau erschossen.

Moissei Urizki, wie gesagt, der Leiter der Tscheka in Sankt Petersburg, sah in diesen Vorgängen ein, wie er es nannte, »großes Konzert der Intrige«. Urizki war gegen den Friedensvertrag von Brest-Litowsk. Aus Protest trat er von seinen Ämtern zurück. Sein Protest wurde gehört. Er war ein Fanal. Urizki galt als ein kommender Mann in der Partei. Er war ehrgeizig, eloquent, charismatisch. Prompt am selben Tag, als auf Lenin geschossen wurde, wurde er ermordet.

Die Partei bezeichnete die Attentate als »voneinander isoliert«. Das eine habe mit dem anderen nichts zu tun. Das »große Konzert der Intrige« schien ja auch in sich widersprüchlich. Wenn Urizki ermordet worden war, weil er sich gegen Lenin und den Frieden stellte, warum sollte dann zugleich auf Lenin geschossen werden? Die beiden waren in dieser Frage ja

Gegner. Aber der Begriff »großes Konzert der Intrige« wurde nicht vergessen. Der Widerspruch sei scheinbar, hieß es, gewollt, um Verwirrung zu stiften. Man sprach von einer von Deutschland gesteuerten Verschwörung. Der Sturz der Monarchie in Deutschland stand bevor, auch wenn der Kaiser es nicht für möglich halten wollte. Gewisse Kreise, angeblich um Generalmajor Ludendorff, so wurde spekuliert, planten, in Deutschland eine Diktatur zu errichten, deren erste Aktion sein würde, die Verträge von Versailles und Brest-Litowsk zu brechen und Russland anzugreifen. Die instabile Lage in dem von Krieg, Revolution und Bürgerkrieg verheerten Land sollte ausgenützt werden, damit Deutschland wieder die mächtigste Nation auf dem Kontinent werde. Diese Theorie führte weiter aus: Nicht Fanny Kaplan hatte auf Lenin geschossen, sondern ein deutscher Agent. Sie diente lediglich als Sündenbock, um die linken Sozialrevolutionäre in Misskredit zu bringen und Zwietracht in der ohnehin instabilen provisorischen Regierung zu säen. Der Mord am deutschen Botschafter Mirbach-Harff würde ein militärisches Eingreifen Deutschlands rechtfertigen – die beiden Mörder seien ebenfalls deutsche Agenten gewesen. Mirbach-Harff hatte seine Schuldigkeit getan. Keine Macht der Welt schreckt davor zurück, auch die eigenen Leute zu opfern, wenn damit die Macht erhalten wird. Und schließlich der Mord an Moissei Urizki, der sollte den Friedensgegnern innerhalb der Bolschewiken in die Schuhe geschoben werden, auf dass ein Machtkampf aufbreche, was die Partei, die erst von Deutschland gestärkt worden sei, nun schwächen und schließlich zerstören würde. Also auch die Bolschewiken hätten ihre Schuldigkeit getan.

Und dann gab es noch eine weitere Theorie, die besagte: Hinter all dem Wirrwarr, vor allem hinter dem Versuch, Lenin zu ermorden, stehe ein Mann, der große Dirigent beim »großen Konzert der Intrige«. Und der sei weder ein deutscher General noch ein deutscher Agent, sondern einer aus den eigenen Reihen, der weder deutsche noch russische Interessen vertrete, sondern nur seine eigenen.

Soweit das Ergebnis meiner Recherchen. Und es war gut, dass ich mir dafür die Zeit genommen hatte.

Denn!

Wär' ich ein Reporter, ich würde sagen: Ich war nebenbei einer Sensation auf die Spur gekommen. Keiner weltgeschichtlichen Sensation – wer mit dem »großen Dirigenten« gemeint war, wissen inzwischen alle, nämlich Stalin – nein, ich war auf Hinweise gestoßen, die mich die Geschichte der Anouk Perleman-Jacob in einem neuen Licht sehen ließen.

In einem der Bücher, die ich in der Nationalbibliothek ausgeliehen hatte, las ich, dass Leonid Kannegiesser, jener junge Offiziersanwärter, der Moissei Urizki, den Chef der Tscheka von Sankt Petersburg, erschossen hat (ich wiederhole Namen, öffentliche Funktionen und Taten von Personen – ich tu es, weil ich weiß, dass deutsche Leser sich russische Namen schlecht merken und die Gefahr besteht, dass sie in Verwirrung geraten, da bin ich lieber ein wenig penetrant), ich setze neu an: Ich las, dass der Attentäter Leonid Kannegiesser ein Dichter gewesen sei, ein Lyriker, und dass er in den verschiedenen Dichterkreisen in Sankt Petersburg verkehrt hatte und – Achtung! – dass er mit Nikolai Gumiljow befreundet war, dass er mit ihm zusammen den Akmeismus begründet und dass er – wieder Achtung! – Nikolai in Paris kennengelernt hatte. Da sei Leonid noch ein Knabe gewesen. Sein Vater war aus beruflichen Gründen für ein Jahr mit seiner Familie nach Frankreich gezogen – nämlich just zu eben der Zeit, als auch Frau Perleman-Jacob und ihre Eltern in Paris waren. Also, dachte ich, könnte es doch sein, ist es sogar wahrscheinlich, dass sie sich begegnet waren. In dem Buch las ich, Leonid Kannegiesser sei später in Sankt Petersburg der beste Freund von Nikolai Gumiljow gewesen, die beiden hätten eine Zeitschrift gegründet und zusammen ein Buch geschrieben. Es wurde gemutmaßt, dass Nikolai von der Tscheka ermordet worden war, weil er das Attentat auf Moissei Urizki zusammen mit Leonid Kannegiesser geplant habe. Oder zumindest, dass er davon gewusst habe. Dass er gewusst habe, dass der Mord ein Teil einer großen Verschwörung sei. Er habe gewusst, dass Leonid Kannegiesser wie Fanny Kaplan zum Sündenbock gemacht worden war. Nikolai Gumiljow habe sich daraufhin auf dem Land versteckt, sei aber gefunden und erschossen worden.

Wenn tatsächlich eine Beziehung, und sei es nur eine lose Bekanntschaft zwischen Frau Perleman-Jacobs Eltern und Leonid Kannegiesser bestanden hatte, dann könnte dies der Grund für ihre und die Ausweisung ihrer Eltern aus Russland gewesen sein. Aber warum hatte sie mir nicht davon erzählt?

Und dann las ich, dass Leonid Kannegiessers Eltern auf einem der »Philosophenschiffe« nach Deutschland transportiert worden waren – beide Akademiker und einigermaßen prominent, der Vater, Ingenieur, verantwortlich für die

Schwarzmeerwerft in Nikilajew, die Mutter leitende Ärztin an der psychiatrischen Klinik in Primorsk in der Nähe von Sankt Petersburg. Als Eltern eines Attentäters hatten sie in dem neuen Staat keinen Platz.

Da brach ich meinen »Urlaub« ab und fuhr hinaus nach Hietzing und fragte Frau Perleman-Jacob, ob sie Leonid Kannegiesser und dessen Eltern gekannt habe.

Sie sah mich streng an, lange, und fragte streng: »Sie haben mit Alice telefoniert, habe ich recht? Oder Sie haben sie gar noch einmal getroffen.«

Und bevor ich antworten konnte: »Ich habe Sie angelogen, ja. Ich habe gelogen, indem ich die beiden verschwiegen habe, die Eltern von Leonid. Ja, Ioakim und Rosa waren mit uns auf dem Schiff. Das habe ich Ihnen verschwiegen.«

Ich wollte sagen: Frau Perleman-Jacob, Sie sind hundert Jahre alt und lügen? Aber wieder unterbrach sie mich.

»Nicht nur darin habe ich Sie belogen. Sie haben recht mit Ihrer Vermutung. Nikolai und Leonid lernten einander in Paris kennen. Bei uns, in unserer Wohnung lernten sie sich kennen. Das ist die Wahrheit. Da war Leonid vierzehn Jahre alt. Wenn man in der Fremde lebt, gibt es zwei Möglichkeiten: Entweder man bricht mit allem, was einen an die Heimat erinnert, oder man kapselt sich von der neuen Umgebung ab, trifft sich mit immer den gleichen Leuten, die, wenn möglich, aus dem gleichen Dorf stammen. Klein Sankt Petersburg in einer kleinen Immigrantenwohnung in Paris in der Rue Chaptal. Meine Eltern, Leonids Eltern und Nikolai. Und ich wurde von einem Arm zum anderen gereicht. Als Leonid Bar-Mizwa feierte, waren meine Eltern und ich und auch Nikolai dabei, wir wurden von seinen Eltern zum Kiddusch eingeladen, nur wir. Mein Vater hielt eine kleine Ansprache, er fühlte sich als Leonids Pate. Ich kann mich natürlich an nichts erinnern, ich war noch nicht zwei Jahre alt. Ich habe Ihnen erzählt, Nikolai hat uns nicht mehr besucht, nachdem wir aus Paris nach Sankt Petersburg zurückgekehrt waren. Auch das ist nicht korrekt. Er hat uns besucht. Und immer hatte er Leonid mitgebracht. Wenn sich mein Vater als Pate von Leonid fühlte, dann war Nikolai sein Mentor. Leonid war noch sehr jung. Einer, der, wohin er auch schaut, Sterne sieht. Einer, der sich nicht von den Gedanken über die Welt beeindrucken lässt, sondern nur von der Welt selbst. Sie sehen, ich schwärme immer noch für ihn. Als er erschossen wurde, war er zweiundzwanzig. Er war der erste Mann, in den ich mich verliebte. Ich war zehn. Erinnern Sie sich? Ich hatte zu dem Tschekamann, der mich in dem Automobil verhörte, gesagt, ich sei schon einmal verliebt gewesen. Erinnern Sie sich? Das war Leonid. In ihn war ich verliebt. Leonid Kannegiesser. Der Attentäter. So sehr war ich verliebt, ich wünschte mir nichts sehnlicher, als für diesen schönen Mann zu sterben.«

Sechzehntes Kapitel

»Es war die Liebe eines Kindes, das bereits spürt, wie sich etwas in seinem Körper verändert, aber nicht weiß, was es ist, und sich ängstigt. Mein Körper war mir so weit voraus! Was es war, das mich in der Nacht aufweckte, dass ich seufzte und nicht wusste, warum, dass ich manchmal mitten am Tag in Schluchzen ausbrach. Ich war fürwahr ein romantischer Balg. Die Romantik habe ich mir aber schnell abgewöhnt, oder soll ich sagen, die ist mir abgewöhnt worden. Nein, ich soll sagen, ich habe sie mir abgewöhnt. Mein Körper war romantisch, mein Geist nicht. Ich war bereits verliebt, bevor ich Leonid zum ersten Mal bewusst wahrnahm. Ich war in die Liebe verliebt. Er behauptete, er habe mich in Paris auf seine Schultern gehoben. Was lebten meine Eltern doch in einem Kuddelmuddel! Verzeihen Sie dieses dumme Wort, ich wähle absichtlich ein dummes Wort, weil es auch ein harmloses Wort ist. Das ist ein Trick, den ich Ihnen empfehle: Geben Sie einer unangenehmen Sache einen harmlosen Namen, und sie schmerzt gleich nicht mehr so sehr. Raffiniert ist das Wort ›Langeweile‹! Was wissen Sie über die Langeweile? Nichts an der Langeweile ist langweilig. Langeweile ist in Wahrheit wie Nitroglyzerin. Sie ist Sprengstoff. Der reißt dich auseinander und alle um dich herum dazu. Dann dürfen Sie endlich sagen, der Weltgeist hat Sie einer Katastrophe für würdig erachtet. Sie sehen, ich habe mir diesen Satz gemerkt. Geben Sie aber diesem wahrhaft dämonischen Gefühl den Namen ›Langeweile‹, und schon wird Dynamit daraus, immer noch gefährlich, aber leichter zu kontrollieren. Das kommt übrigens nicht von mir, das kommt von einem Kollegen. Der hat mir von *Gontscharow* erzählt, dem Dichter, den Vornamen habe ich vergessen. Den kennen Sie, natürlich kennen Sie ihn, der hat über einen Mann namens Oblomow einen Roman geschrieben, der liegt nur im Bett und ist nur müde, ich habe den Roman nicht gelesen, ich habe mein Leben lang gut geschlafen, aber jeder Russe kennt ihn. Der Autor war ein kranker Mann, meine ich. *Er* sei eines Tages auf dem Schwarzen Meer gefahren, und ein gewaltiger Sturm sei aufgekommen, aber er habe sich nicht beeindrucken lassen, er sei aufs Deck geeilt, habe sich am Geländer festgehalten und aufs Meer hinausgerufen: Schluss mit dem Unfug! Und als der Sturm vorbei war, habe er in den Sternenhimmel geguckt und mit der Schulter gezuckt und gesagt: Na und? Nichts auf der Welt konnte diesen Mann in Furcht versetzen. Über nichts konnte er staunen. Sein ganzes Leben war Langeweile … Die Langeweile macht böse Menschen. – Ich verzettle mich. Und das tu ich absichtlich, weil es mir unangenehm ist, meine Geschichte weiterzuerzählen. Aber da Sie mir nun schon einmal dahintergekommen sind, muss ich es tun.

Wir hatten ein Kuddelmuddel und was für eines! In Paris habe ich es nicht mitgekriegt, da war ich zu klein. In Sankt Petersburg kriegte ich es mit. Die Sache zwischen meiner Mutter und Nikolai ging nämlich in Sankt Petersburg weiter …«

»Wenn es Ihnen unangenehm ist, lassen Sie es! Ich wollte nicht indiskret sein. Erzählen Sie weiter von dem Mann, der sagte, er sei Lenin.«

»Es war Lenin. Glauben Sie mir nicht?«

»Natürlich glaube ich Ihnen. Ich habe Sie zitiert. Sie sagten: ›So redete der mit mir, der behauptete, er sei Lenin.‹ Sie haben *ihn* zitiert, ich zitiere *Sie*.«

»Sie sollen nicht ein Buch über Lenin schreiben, sondern ein Buch über mich! Und kommen Sie nicht auf die Idee, mich ausdeuten zu wollen!«

»Habe ich diesen Ruf?«

»Haben Sie?«

»Ich denke nicht.«

»Dann halten Sie sich an das, was Sie denken.«

»Jawohl, Sir!«, sagte ich und salutierte im Sitzen.

Da lachte Anouk lange und laut. Das war schön.

Und sie erzählte weiter:

»Irgendwann sagte Leonid: Schöne Bilder verletzen den Neid. Bis heute bin ich nicht dahintergekommen, was er damit meinte. Ich hatte immer das Gefühl, es bedeutet etwas, etwas Großes. Es war wenige Tage, bevor er Moissei Urizki erschoss. Er stand in der Tür zu unserem Salon und hielt sich links und rechts an den Balken der Schiebetür fest. Das war noch in unserer alten Wohnung, der großen, er musste die Arme ausbreiten, so breit war die Tür, wie ein Jesus am Kreuz stand er da, der doch ein festgemauerter Jude geworden war in seinem letzten Jahr. Er erzählte mir von der biblischen Noomi, die zur Zeit der Hungersnot Bethlehem verließ mit ihrem Mann und ihren Söhnen und erst nach Jahren wiederkehrte, da hatte sie ihren Mann und ihre Söhne verloren, und als die Leute sagten: Das ist doch die Noomi!, da antwortete sie: Nennt mich nicht Noomi, sondern Mara, denn der Allmächtige hat mir viel Bitteres angetan. Das hat Leonid mir vorgelesen. Und als er in der Tür zu unserem Salon stand, sagte er: Schöne Bilder verletzen den Neid, nennt mich nicht Noomi … Aber in der Bibel steht nichts von den schönen Bildern und dem Neid. Ich habe nachgesehen.

Mein Vater sagte über Leonid: Er ist dumm, aber immerhin hört er den geistvollen Leuten geduldig zu. Das war als Kompliment gedacht. Die geistvollen Leute, das waren die Propheten und die Schriftsteller, die er zitierte. Er hört ihnen zu und merkt sich, was sie sagen, aber er versteht es nicht. Das hat mein Vater gemeint. Ich glaube, er und Leonid hatten ein Verhältnis miteinander. Und ich glaube, meine Mutter wusste es. Und es störte sie nicht. Das Kuddelmuddel war – und das war nun keine Vermutung, sondern es war offensichtlich –, dass Leonid und Nikolai ebenfalls … Viel Freiheit war in unserer Familie, in unserer Wohnung, in unserer alten großen Wohnung. Ich glaube, die Einzigen, die es nicht miteinander trieben, waren meine Mutter und mein Vater.

Das können Sie nicht verstehen. Nicht, weil Sie es nicht verstehen wollen, nein, ich halte Sie für einen weltoffenen, liberalen Mann. Sie können es nicht verstehen. Das Verständnis dafür hat Ihnen Ihr Weltgeist nicht mitgegeben. Die Katastrophe nicht und nicht so ein Kuddelmuddel. Das hat auch nichts mit dem Gedanken der freien Liebe zu tun, der in der Zeit, als ich in Amerika war, die jungen Leute beseelt hatte. Freie

Liebe, nein. Meine Eltern waren prüde, würde man heute sagen. Sie genierten sich, sich voreinander auszuziehen. Ausziehen und Anziehen nur hinter der spanischen Wand. Und ich glaube, es ging ihnen vor ihren Liebhabern und Liebhaberinnen nicht anders. Sicher hat sich meine Mutter nicht vor Nikolais Augen ausgezogen. Und Nikolai und Leonid haben sich auch nicht voreinander ausgezogen. Heute redet jeder über Sex. Die Paare, wenn sie miteinander im Bett liegen, reden über Sex, und es bereitet ihnen Freude, immer neue Worte zu finden und zu erfinden, und natürlich sind die Schlafzimmer hell erleuchtet, jedenfalls solange die Liebenden noch jung sind. Das war alles nicht. Und wenn ich Ihnen so freimütig erzählte, dass mein Vater Beziehungen zu Männern hatte, dann weiß ich, Sie verstehen auch das falsch. Er war nicht homosexuell, auch nicht bisexuell, er war einfach nur verzweifelt. Und meine Mutter war auch verzweifelt und Leonid und Nikolai auch. In der Zeit des Entsetzens ist Sex nicht nur Lust und Freude, sondern Trost. Fast wie Religion. Mehr als Religion. Dann ist Sex nur noch Trost und gar nicht Lust und gar nicht Freude. Dann begreift man oder kann es begreifen, dass Sex und Religion ein und dasselbe sind, nämlich Trost. Trost, dass es weitergeht. Trost ist mehr als Lust und Freude. Mir ist erzählt worden von einem älteren Ehepaar, der Mann und die Frau hatten schon seit Jahren nicht mehr miteinander geschlafen, sie waren zärtlich zueinander gewesen, aber Sex hatten sie keinen mehr. Und dann war ihnen mitgeteilt worden, dass ihr Sohn erschossen worden sei. Sie haben geweint, und weinend haben sie einander ins Schlafzimmer gezerrt, und dort sind sie übereinander hergefallen wie zwei geile Brautleute in der Hochzeitsnacht. Sie sagten, dies sei die einzige Möglichkeit gewesen, in ihrem Schmerz noch sie selbst zu sein. Das haben die beiden erzählt, freimütig. Ohne dass sie sich schämten. Ich habe es gehört. Auch vor mir schämten sie sich nicht. Vor einem zehnjährigen Kind. Nennt mich nicht Noomi, der Allmächtige hat mir viel Bitteres angetan … Dem Verzweifelten erlischt der Name. Und wenn es keinen Namen mehr gibt, dann braucht man sich nicht zu schämen.

Ach, ich bin Ihnen ein paar Dinge schuldig. Ein bisschen mehr Wahrheit bin ich Ihnen schuldig. Die ganze Wahrheit und nichts als die Wahrheit – das kann niemand von niemandem verlangen. Ein bisschen Wahrheit aber schon. Das Ehepaar, das sich auf unserem Schiff das Leben genommen hat … Gift haben sie geschluckt vor unseren Augen … Nein, nicht Fonja hat ihnen das Gift gegeben. Es war auch nicht eine von der Tscheka vorgetäuschte Szene, wie Nina Berberowa geglaubt hat. Die beiden waren Leonids Eltern. Ioakim und Rosa Kannegiesser. Warum habe ich Sie angelogen … Erst habe ich Ihnen die beiden verschwiegen, und dann habe ich gesagt, sie waren mit uns auf dem Schiff, aber ich habe nicht gesagt, dass sie es waren, die sich mit Gift das Leben genommen haben. Nach dem Attentat auf Moissei Urizki – der dumme Leonid hatte geschossen und wollte mit dem Fahrrad fliehen, das soll ein Terrorist sein … Er dachte, der biblische Gott, den er erst kürzlich für sich entdeckt hat, werde ihn beschützen. Der Herr ist mit mir, darum fürchte ich mich nicht. Was können mir Menschen tun? So steht es in den Psalmen. Sie haben ihn erwischt und haben ihm etwas getan. Einen Prozess brauchte es nicht. Und Ioakim und Rosa Kannegiesser, die Eltern des konterrevolutionären Attentäters, die sind verhaftet worden. Weil der Apfel bekanntlich nicht weit vom Baum fällt. Nach drei Tagen hat man sie freigelassen. Aber in ihre Wohnung konnten sie nicht zurück. Die war inzwischen vergeben. Mitsamt allem. Den Büchern, den Möbeln, der Wäsche, den Kleidern, das Porzellan war weg und die Löffel, alles. Zuerst sind sie zu uns gezogen, in unsere große Wohnung. Hatten bei sich, was sie am Leib trugen. Die Mäntel, die hatte man ihnen im Gefängnis weggenommen. – Mäntel haben Sie bei sich gehabt? Was für Mäntel denn? Da waren nie Mäntel … – Wir hatten ja Platz genug. Niemand sagte mir, was geschehen war. Ich habe gefragt: Warum ist Leonid nicht mitgekommen? Warum wohnt Leonid nicht bei uns? Ich konnte ja kaum seinen Namen aussprechen, der machte mich so aufgeregt, schon der Name machte mich aufgeregt und glücklich. Noch wenn ich heute den Namen sage … Leonid … nach neunzig Jahren … So alt werden Sie wahrscheinlich gar nicht werden … Noch heute schickt mir sein Name sein Bild vor Augen. Diese glatte weiße Haut an den Wangen. Immer kam er rasiert, immer in einem weißen Hemd mit einem schwarzen Kragen, das war seine Eigenart. Und einer roten Krawatte. Das war seine Eigenart. Meistens die Krawatte offen und der oberste Hemdknopf offen. Oder die Krawatte nicht gebunden, sondern mit losen Enden. Bonbons hatte er dabei. Eukalyptusbonbons. Er hatte Angst, er rieche aus dem Mund. Alle hatten Angst, sie riechen aus dem Mund. Es war fast eine Mode, Angst zu haben, man rieche aus dem Mund. Nach Eukalyptusbonbons hat er gerochen. Und nach Kölnischwasser. Und nach Zigaretten. Ein milder Duft aus seinem Jackett. Er sprach Deutsch mit mir. Das hat man nur in vornehmen Kreisen gesprochen. Deutsch oder Französisch. Ein bisschen, als wären diese Sprachen eigentlich eine Sünde. Und er sagte Sie zu mir. Wie zu einer Dame. Natürlich war das ironisch gemeint. Aber eben nicht nur. Meine Mutter sagte: Was sagst du Sie zu ihr? Sie ist erst zehn! Er sagte: Aber irgendwann wird sie zwanzig sein. Wie soll ich dann zu ihr sagen, wenn ich jetzt Du zu ihr sage? Ich werde immer noch Du sagen, und das wird sich nicht gehören. Er sagte, er trainiere darauf, wenn ich zwanzig bin. Das war fast wie ein Versprechen. Er sagte: Dann werde er mir einen Heiratsantrag machen.

Zu meinem zehnten Geburtstag schenkten mir meine Eltern einen Feuerwehrwagen aus Blech, ein wunderschönes Stück mit vorgespannten sechs Pferden aus bemaltem Pappmaché. Er war gebraucht. Nicht weil er billiger gewesen wäre, haben sie mir diesen gekauft, sondern weil er so schön war, schöner als jeder neue. Damals haben die Menschen ihre liebsten Sachen verkauft, weil sie Geld brauchten für Essen. Es war eigentlich ein Geschenk für einen Buben. Aber einen Buben hatten sie eben nicht. Und meine Mutter wollte, dass dieser Feuerwehrwagen in der Familie ist. Ich musste ihn leider zurücklassen. Vielleicht hat ihn ja ein Bub gekriegt. Er war rot, und die Leiter konnte man ausfahren, da war eine Kurbel, und Seile waren da, alles winzig. Zwei Schläuche waren an einer Winde aufgerollt, da war ein Wasserbehälter angeschlossen, den konnte man befüllen, und wenn man auf einen Gummiball drückte, spritzte vorne am Schlauch Wasser heraus. Auch eine Sirene war da, die konnte man aufziehen wie eine Uhr. Leonid und Nikolai waren bei meinem Geburtstagsfest auch eingeladen. Nikolai sagte: Da sieh an, ein Feuerwehrwagen! Aber wo sind die Feuerwehrmänner? Ein Feuerwehrwagen braucht Feuerwehrmänner! Und Leonid sagte: Da hat Nikolai recht. Er werde sich darum kümmern, dass die Feuerwehrmänner kommen, sagte er. Das geht ja nicht, dass die ihren Wagen unbeaufsichtigt lassen, so eine Schlamperei! Und Nikolai sagte: Nein, da hat Leonid recht, das geht wirklich nicht. Bei seinem nächsten Besuch, sagte Leonid, werde er die Feuerwehrmänner mitbringen. Die werden etwas von mir zu hören kriegen, einfach ihren Wagen im Stich zu lassen und die Pferde! Ich wusste ja, dass die beiden Spaß machten, aber sie machten ihren Spaß meinetwegen und nicht auf meine Kosten, sondern für mich, und bei seinem nächsten Besuch fragte ich Leonid gleich, was mit den Feuerwehrmännern sei. Die hat er natürlich vergessen. Und Nikolai hatte sie auch vergessen. Es gab so kleine Figuren, die zu dem Auto passten, die hat man gekriegt auf den Flohmärkten, die inzwischen jede Hausecke umwucherten. Leonid sagte: Anouk, da hat es ein Problem gegeben. Er sei wirklich ärgerlich! Die hätten gestern Nacht die Hochzeit eines Kollegen gefeiert und hätten sich dabei so betrunken, sie seien nicht aus den Federn zu kriegen gewesen. Aber bei seinem nächsten Besuch bringe er sie mit, und wenn er sie hinter sich herschleifen müsse. Das nächste Mal hatte er wieder vergessen, was er mir versprochen hatte, und wieder fiel ihm etwas ein. Bald interessierten mich die Figuren gar nicht mehr. Ich wollte nur mehr die Geschichten hören, warum sie es wieder nicht geschafft hatten, zu mir zu kommen. Ich war so glücklich über die Geschichten, die mir Leonid erzählte. Und ich freute mich so, als Rosa und Ioakim bei uns einzogen. Ich konnte nur denken, jetzt wohnt auch Leonid bei uns.

Niemand sagte mir, dass Leonid nicht mehr lebte. Meine Eltern dachten, das können wir dem Kind nicht antun. Seine Eltern dachten, das können wir dem Kind nicht antun. Und dann kam Nikolai, und er war ein unglücklicher Mann geworden, und er brachte mir ein Dutzend Feuerwehrmänner mit, jeder so groß wie mein kleiner Finger, aus Zinn gegossen, jeder in einer anderen Pose, einer mit beiden Händen zu einem Trichter vor dem Mund, als ob er einem Kollegen etwas zuriefe, ein anderer, vorgebeugt, als ob er den Schlauch ziehe, ein dritter die Arme ausgebreitet, als ob er den Verkehr regle. Es war Nikolais Abschiedsliebesdienst an Leonid. Und ich war so unglücklich wie Nikolai. Und wir weinten gemeinsam. Nikolai sagte, hätte er gewusst, was Leonid vorhat, er hätte ihn getötet. Dann hätte es wenigstens ich getan, sagte er. Als ich drei Jahre später erfuhr, dass auch Nikolai erschossen worden war, da habe ich mir vor dem Spiegel die Tränen mit Spucke auf die Wangen gemalt, weil ich unglücklich war, dass sich kein Tropfen mehr aus den Augen quetschen ließ …

Die Ereignisse überschlugen sich, wie man so sagt. Ich habe mir das immer bildlich vorgestellt. Eine Welle. Wenn sie auf die Küste zurollt und sich überschlägt, und in dem Wasser schwimmen die Ereignisse wie Algenfetzen, aber in der Gischt sind sie nicht mehr zu sehen, da ist alles weiß. Ich habe Ihnen nicht die Wahrheit gesagt, nicht die richtige Wahrheit und weniger als ein bisschen Wahrheit. Als meine Mutter und mein Vater erfuhren, dass wir aus unserer großen Wohnung ausziehen mussten, da beschlossen sie, Sankt Petersburg zu verlassen. Und Ioakim und Rosa sollten mit uns gehen. Meine Eltern wollten die beiden in ihrem Schmerz nicht sich selbst überlassen. Ziehen wir hinaus aufs Land, sagten sie, werden wir Bauern. Wie Nikolai. Der wohnte ja auch auf dem Land, auf dem Hof, den er geerbt hatte. Auf dem Land kümmert sich niemand um die Revolution. Die Menschen dort wissen gar nicht, was das ist. Die Menschen auf dem Land sind gute Menschen. Meine Eltern und auch Leonids Eltern waren begeisterte Leser der Romane von Tolstoi. Wie jeder Russe. Ja, wie jeder Russe, auch die Analphabeten, und es gab viele. Wer nicht lesen und schreiben konnte, der hat sich die Geschichte über Anna Karenina und den Grafen Wronskij, den Fürsten Oblonski und die reizende Kitty erzählen lassen, als wären es Volksmärchen. Wo geschildert wird, wie Ljewin mäht. Hat man so etwas schon gelesen! Fünfzig Seiten oder mehr mäht Ljewin. Da duftet es aus dem Buch heraus, und es ist, als könnte man den Tau am Morgen an den Buchseiten abgreifen, und man blättert vorsichtig um, damit man sich nicht an der Sense schneidet. Das wahre Leben, das heilige Leben spielt sich auf dem Land ab. Auf dem Land herrscht Friede. Und dann sind wir aufs Land gefahren, um uns einen Hof anzusehen, der zum Verkauf stand. Groß genug für zwei Familien. Die beiden, Mann und Frau, von denen ich Ihnen erzählt habe, die mit uns mitgefahren sind, das waren Ioakim und Rosa. Wer denn sonst! Ich habe weitergefragt: Wo ist Leonid? Wo ist Leonid? Noch hatten sie es mir nicht gesagt. Der Mann, der mit mir hinter das Haus gegangen war, das war Ioakim Kannegiesser, unser Ioakim, wie mein Vater immer gesagt hat. Heute Abend kommt unser Ioakim, hat er gesagt. Ioakim war es, der mir die Augen zugehalten hat, als wir den halbnackten Schatten mit den drei Beinen, Kopf nach unten, an dem Baum hängen sahen. Was bin ich für eine Närrin! Ich habe Sie angelogen. Ich habe Sie weiter angelogen, habe gesagt, der Mann hat mir verboten, mit seiner Frau über das zu sprechen, was wir gesehen haben, weil sie schwanger sei. Natürlich war Rosa nicht schwanger. Ich habe das erfunden. Aber nicht, um Sie zu täuschen. Warum sollte ich das tun? Ich habe die Wahrheit ein bisschen von mir weg erfinden wollen. Können Sie das verstehen? Ich bin hundert Jahre alt, und fast alle Gefühle aus meinem Leben habe ich vergessen, aber nicht, was in mir vorging, als ich zehn war, das war das Jahr meines Entsetzens. Zu Hause dann haben sie mir gesagt, dass Leonid erschossen worden ist. Weil er einen hohen Funktionär der Bolschewiki getötet hat. Und dass er versuchte, mit dem Fahrrad zu flüchten. Und dass er die Pistole in die Moika geworfen hat. Im Vorbeifahren. Zeugen haben ihn gesehen. Gebrüllt habe er. Wie erzählt wurde, dass die armen Schweine brüllen, wenn sie von der Tscheka verhört werden. Als ob er schon vorausgebrüllt hätte.

Meine Mutter hat es mir gesagt und dann noch einmal mein Vater. Und da haben Rosa und Ioakim erzählt, wie es ihnen ergangen ist, als sie davon erfuhren. Dass sie ins Schlafzimmer geeilt sind und miteinander geschlafen haben, nach so langer Zeit. Als hätten sie Leonid ein zweites Mal zeugen wollen.«

Siebzehntes Kapitel

»Von nun an besuchte ich den kranken Mann jede Nacht. Oben auf dem Deck 1. Klasse. Fast bin ich leichtsinnig geworden, wenn ich mein Räumlein verließ. Nach dem Abendessen schlüpfte ich zu meinen Eltern hinüber, und wir haben noch ein bisschen geschmust – meine Mutter und ich, mein Vater schaute zu und lächelte, das war ihm, als würde er mitmachen. Ich sagte, ich will lesen. Das hat in unserer Familie immer geheißen: Ich möchte nicht gestört werden. Das ist auch gesagt worden, wenn gar nicht gelesen wurde. Und jeder akzeptierte es. Ich wartete eine Viertelstunde in meiner Kabine, dann schlich ich mich hinaus und über die Absperrung und den Gang entlang. Die anderen verließen ihre Kabinen nicht. Darauf konnte ich mich verlassen. Aus Schauder, Angst, Schauder und Angst vor dem Nicht-Eigenen. Die Kabinen, die innen alle gleich aussahen, waren inzwischen zum Eigenen geworden. Man sieht ein Muster in der Holztäfelung, und am nächsten Morgen sieht man es wieder, irgendwann ist es *mein* Muster in *meiner* Holztäfelung. Darin liegt der Grund, warum Menschen auch von der grässlichsten Gegend ungern wegziehen. Dreck, aber *mein* Dreck. Schlechte Luft, aber *meine* schlechte Luft. Meine Mutter hatte mit Nadeln Fotos an die Wand geheftet. Ein Foto von Nikolai, eines von Leonid, von uns dreien, Mama, Papa, ich. Und eine Kinderzeichnung von mir. Ich und ein Pferd. Es hätte aber auch ein Hund sein können. Leonid in einem weißen Hemd, wie er über die Schulter schaut. Mein Vater riet, die Bilder von Leonid und Nikolai wieder in den Koffer zu geben. Oder zu verbrennen. Irgendwann waren sie weg.

Und fast, wie gesagt, bin ich leichtsinnig geworden beim Hinaufsteigen über die eiserne Leiter außen am Schiff. In der Schule war ich die beste Turnerin. Wenn am Reck oder am Stufenbarren eine neue Übung bevorstand, rief der Herr Lehrer: Vorturnerin vortreten! Das war ich. Die Leiter war feucht und glitschig, und wenn ich ausgerutscht wäre, hätte ich keine hundert Jahre zusammengekriegt. Wenn ich heute daran denke! Es war Irrsinn! Die Leiter war zwanzig Meter lang. Mittelstation in der 2. Klasse. Aber ich habe mich dort nicht ausgeruht. Ich muss ein sehr kräftiges Mädchen gewesen sein. Und ein sehr mutiges Mädchen. Der Aufstieg war leichter als der Abstieg. Gut, dass ich wenig sah in der Dunkelheit. Es war nicht kalt, und es roch nach Meer, was ich mein Leben lang so gern mochte, nur der Fahrtwind war lästig, er blies mir in den Mund hinein, ich hatte nämlich die Angewohnheit, bei Anstrengung oder Aufregung den Mund offen zu halten, ich hörte den Wind in der Mundhöhle sausen, das war unheimlich. Mir war unheimlich vor mir selber. Als ob ich mein eigener Geist wäre, der nach mir ruft. Und ich, die wirkliche Anouk, wäre schon tot. Der Geist aber wüsste es nicht. Oder wüsste es doch, und darum heult er …

Ich wurde erwartet. Sehnsüchtig, das darf ich sagen. Wenn je einer sehnsüchtig auf mich gewartet hat, dann dieser kranke

Mann oben auf dem Deck der 1. Klasse. Er sagte, meinetwegen habe er angeordnet, dass man ihn bis Mitternacht neben die Strandkörbe schiebe. Er habe sich eine Lüge ausgedacht. Die nächtliche Seeluft tue ihm gut. Er wolle niemanden sehen, der Anblick von Menschen tue ihm nämlich nicht gut. Seine Leute, sagte er, fürchten sich vor ihm. Immer noch. Auch in seinem Zustand, wo er nicht einmal einen Spatz erwürgen könnte. Er sagte: Die werden sich noch nach meinem Tod vor mir fürchten. Sehr freundlich war er nicht, der kranke Mann. Auch zu mir nicht. Er war von Natur kein freundlicher Mensch. Zu einem freundlichen Menschen gehört, dass er manchmal lacht oder wenigstens lächelt, auch wenn nichts Lustiges vorliegt.

Da bist du ja, sagte er. Sonst nichts. Obwohl er es immer wieder sagte und sogar betonte, er warte den ganzen Tag darauf, mich am Abend zu sehen. Und dann einfach nur: Da bist du ja.

Er hat mir seinen Nachtisch aufgehoben. Das war seine Freundlichkeit. Saure Milch mit gehackten Feigen, Datteln, Rosinen und Melasse. Er ermahnte mich, vorsichtig zu sein. Ich hatte ihm ja erzählt, wie ich es anstelle, dass ich zu ihm hinauf in die 1. Klasse komme. Das sei wie Bergsteigen, sagte ich. Ob ich die Berge kenne, fragte er. Ich sagte, ich sei zwar schon in Paris gewesen, aber da war ich zu klein. In Paris gebe es keine Berge, sagte er. Sonst war ich nur in Sankt Petersburg, sagte ich. Dort gibt es auch keine Berge, sagte er. Ob er denn schon auf einem Berg gewesen sei, fragte ich. Ja, das sei er, sagte er, in der Schweiz. Er habe in der Stadt Zürich gelebt, die liege an einem See, besonders schön sei die Stadt nicht, jedenfalls nicht im Vergleich zu Sankt Petersburg. Wenn er vom See in seine Wohnung gegangen sei, habe er auf einen Berg steigen müssen. Aber auch das sei kein richtiger Berg gewesen. Ein richtiger Berg sei der Mont Blanc, dort sei er auch gewesen, nicht auf dem Gipfel, aber nicht weit darunter. Über einen Grat sei er gegangen, angeseilt, ein falscher Tritt, und die Welt wäre verloren gewesen. Er kenne Genossen, die heimlich zum biblischen Gott flehen. Nicht beten, schon lange beten sie nicht mehr. Sie flehen. Sie sperren sich in der Toilette ein. Sie genieren sich nicht, unter sich zu lassen und dabei den Schacharit zu singen. Sie beten beim Scheißen! Gut so! Soll sich der Mensch über die Bedürfnisse seines Körpers erheben, den ihm sein Gott geschaffen hat? Dann soll er gleich aufhören zu atmen. Ich, sagte er, ich kenne nicht ein einziges Gebet auswendig! Ob ich ein Gebet kenne?

Nein, sagte ich.

Ob ich an Gott glaube?, fragte er.

Nein, natürlich nicht, sagte ich.

Er bat mich, seine Hand zu halten und zu drücken, seine gesunde Hand, damit er zurückdrücken könne. Ich hätte starke Hände, sagte er. Er sei darauf gefasst, dass ich ihm etwas antue. Man habe ihm die Glocke weggenommen. Ob mir das aufgefallen sei? War es mir nicht. Wenn ich meine Hände um seinen Hals lege und zudrücke, könne er sich nicht wehren. Er an meiner Stelle würde das tun. Ich hätte schließlich Grund genug. Ob jemand aus meiner Familie, ob jemand von meinem Freunden erschossen worden sei? Wenn ja, dann sei er dafür verantwortlich. Jetzt sei er machtlos. Ich hätte Macht über ihn. Ob ich das spüre? Das müsse ich doch spüren! Ich spüre nichts, sagte ich. Er wolle mir erklären, was Macht ist.

Ob ich es wissen will? Nicht unbedingt, sagte ich. Wenn ich herumfrage, was Macht bedeutet, sagte er, dann werde ich verschiedene Antworten bekommen, Antworten von den gescheiten Philosophen, die so dumm sind. Die Macht zu gestalten, die Macht, das Richtige zu tun, die Macht, einen Staat zu lenken. Und so weiter. Das werden sie sagen. Alles Ausreden. Es gibt nur eine Macht. Die Macht zu töten. Von ihr leitet sich alle andere Macht ab. Die Macht, über ein Leben zu entscheiden. Ob ja oder nein. Über tausend Leben zu entscheiden. Ja oder nein. Wie wenig ein Leben wert sei, wisse man erst, wenn man tausend ausgelöscht habe. Dummköpfe, Dämmerlinge, die meinen, Romane lesen nur Kinder und Weiber. Und einen Roman, in dem ein Hund die Hauptrolle spielt, ein Hund, der über die Welt nachdenkt und über sich selbst. Sie meinen, sie seien nüchtern, derweil sie nie etwas in ihrem Glas hatten, nur Staub, und den hat ihnen ein anderer Wind hineingeblasen … Trockene Flussbetten, ausgedorrte sandige Seelen, die in ihren Klausen hausen, zusammen mit ihren Frauen und ihren Kindern, mit denen sie nichts mehr anfangen können … die kenne er … ja, die kenne er …

Es redete aus ihm heraus, er vergaß, dass ich ihm zuhörte … Es war, als würde er einem Stein predigen, den er gleich jemandem an den Kopf wirft.

Mehr als drei Seiten könne er am Tag nicht lesen, dann seien seine Augen erschöpft. Immer sei er stolz auf seine Augen gewesen. Alle anderen hätten Brillen getragen, er nicht. Die Bauern, sagte er, vertrauen Brillenträgern nicht. Sie meinen, damit sähe man Dinge, die Gott verborgen hat, und das sei hoffärtig. Stimmt ja auch, sagte er und lachte wieder. Die

Bauern, sagte er, sind schlau, aber nur zwischen Hand und Mund, grad, dass es zum Fressen reicht. Inzwischen aber brauche er auch eine Brille. Nur, seine Brille sei nicht richtig eingestellt, sie nütze inzwischen kaum mehr etwas. Genau in der Mitte des Blickfeldes sehe er verschwommen, das beeinträchtige das Lesen. Was an den Rändern vor sich gehe, sehe er genau, scharf, schärfer als zuvor. Das Hirn aber wolle sehen, was in der Mitte ist. Ob ich schon einmal versucht hätte, die rechte Seite eines Buches mit den Augen zu fixieren, aber zu lesen, was auf der linken steht? Das solle ich einmal ausprobieren, dann wisse ich, wie es ihm geht.

Ich schlug vor, dass ich ihm vorlese. Er war sofort einverstanden und sagte, dass ich es nicht umsonst tun solle. Dass er mich bezahle. Er wisse nur nicht, wie er an sein Geld komme, ohne dass seine Leute es merkten. Er las immer noch an dem Jack London. Immer noch am ›Ruf der Wildnis‹. Ich sagte: Ich kann Folgendes tun. Ich nehme das Buch mit hinunter in meine Kabine und lese am Tag jeweils ein Kapitel, und in der Nacht, wenn ich zu ihm komme, erzähle ich es ihm nach. Das käme ihm billiger. Weil ich dann das Buch ja auch für mich lese und nicht nur ihm vorlese. Und das Geld könne er mir irgendwann einmal geben.

Er sagte, er werde dafür sorgen, dass mir und meiner Familie nichts geschehe.

Wie denn?

Das fragte ich ihn. Wie denn? Da ruckte er unwillig in seinem Rollstuhl hin und her. Als hätte ich zu ihm gesagt, he, du bist ein Krüppel, was willst denn du für uns tun können? Wer tut für dich etwas? Darum solltest du dich kümmern!

Jedenfalls: So haben wir es gemacht. Ich habe unten gelesen und oben nacherzählt.

Wollen Sie mir einen Gefallen tun?«

Frau Perleman-Jacob stützte sich an den Armlehnen auf, wollte sich erheben, sank aber gleich wieder zurück in ihren Fauteuil.

»In der Bibliothek«, keuchte sie, »steht das Exemplar, das ich mir später besorgt habe. Nur leider … Es gibt keine Ordnung … nur eine halbe Ordnung … Ich habe es irgendwann aufgegeben, die Bücher zu ordnen. Alice verspricht die ganze Zeit, sie werde sich nach jemandem umsehen, nach einem Studenten, der das kann. Nur, sagte sie, es gebe heutzutage kaum noch Studenten, die eine Bibliothek ordnen können. Die meisten jungen Leute, sagt sie, halten Bücher für eine Art Innendämmung gegen Kälte und Hitze, wie Styropor. Die Welt geht unter! Zum Teufel mit der Bibliothek! Ich brauche sie nicht mehr. Und niemand will sie haben. Hätten Sie Interesse? Ich schenke sie Ihnen. Sie müssen sie auch nicht als Ganzes nehmen. Das kann man ja niemandem zumuten. Nehmen Sie sich heraus, was Ihnen gefällt. Gehen Sie und suchen Sie ›Ruf der Wildnis‹. Es muss da sein. Ich werde inzwischen ein wenig ruhen. Lassen Sie sich Zeit. Schieben Sie mir das Bänkchen unter die Beine. So ist es recht. Jetzt gehen Sie!«

Die Bibliothek war kleiner als der Salon, aber vom Boden bis zur Decke mit Regalen ausgekleidet. Ich brauchte dennoch nicht lange, um das Exemplar zu finden. Der Umschlag war zerschlissen, vorne drauf die Zeichnung eines Hundekopfs.

Ich sah mir weiter die Bibliothek an. Es waren wenige Bücher darunter, die mich interessierten. Aufwendige Kunstbände, viel über Architektur. Geografische Bildbände. Kriminalromane, vor allem von Georges Simenon, zwei Borde voll. Eine halbe Stunde Zeit wollte ich Frau Perleman-Jacob lassen. Ich setzte mich draußen auf die Stiege und las die ersten zehn Seiten von ›Ruf der Wildnis‹.

Dann ging ich zu ihr. Sie schlief. Ich wartete.

»Blättern Sie den Band durch«, sagte sie. »Und lesen Sie mir eine Seite vor. Ich möchte sehen, ob ich etwas spüre.«

Ich las: »Eines Nachts sprang er unvermittelt aus dem Schlafe auf: die Augen weit offen, die Nüstern bebend und witternd, die Mähne in immer wiederkehrenden Wellen gesträubt. Aus dem Walde kam der Ruf, deutlich und scharf umrissen wie nie zuvor – ein langgezogenes Geheul, wie es wohl ein Eskimohund ausstieß, und doch wieder ganz anders als jeder Laut des Eskimohundes. Und er erkannte ihn wieder, er war ihm vertraut wie ein Laut, den er schon früher gehört hatte. Er sprang durch das schlafende Lager und raste schnell und geräuschlos in die Wälder ...«

Ich könne aufhören, unterbrach sie mich, sie spüre nichts. Und sie erinnere sich an nichts. Verwilderung. Eine Schlüsselstelle. Sie erinnere sich nicht und spüre nichts.

»Ich weiß nur, dass ein Hund darin vorkommt. Ich nehme an, der da in den Wald hinausläuft, das ist dieser Hund. Und Sie? Haben Sie das Buch gelesen?«

»Ich habe es gelesen, ja.«

»Ich werde abtreten, ohne zu wissen, wie das Buch ausgeht. Ein wenig staunen noch: über Kinder, Schnee und Weltall. Ich werde abtreten, ohne die Bibel gelesen zu haben. Obwohl ich es Leonid versprochen habe. Den Homer habe ich nicht gelesen, den ›Don Quichote‹ habe ich nicht gelesen. ›Das Kapital‹ von Karl Marx habe ich nicht gelesen. Nicht einmal die zehn Bücher über die Architektur von Vitruv habe ich gelesen, ich wüsste allerdings nicht, ob es genützt hätte. Von Shakespeare habe ich wenigstens ein paar Stücke auf der Bühne gesehen. Aber Tolstoi habe ich gelesen. Alles, was Tolstoi geschrieben hat, habe ich gelesen. ›Anna Karenina‹, ich glaube, dreimal. Auch ›Hatschi Murat‹. Kennen Sie diesen Roman? Nein? Lesen Sie den ersten Satz, und wenn Ihnen nicht warm ums Herz wird, haben Sie keines! Von Dostojewski habe ich nur ›Erniedrigte und Beleidigte‹ gelesen, Kitsch, purer Kitsch, meine Güte! Wollen Sie das Buch behalten? Darf ich Ihnen den Jack London schenken? Es ist nichts wert, ein Taschenbuch.«

»Sehr gern.«

»Aber Sie besitzen ja bereits ein Exemplar.«

»Dann habe ich jetzt eben zwei.«

»Auch er fragte, ob ich schon einmal verliebt gewesen sei. Weil aber der, in den ich mich verliebt hatte, erschossen worden war, auf seinen Befehl hin, sagte ich: Nein, und ich will mich auch nicht verlieben. Das klinge so, als wäre ich eben doch verliebt gewesen, sagte er, und sei es immer noch. Ob er mich habe sitzenlassen. Ich fragte zurück, ob denn er schon einmal verliebt gewesen sei.

Das ist eine unreife Frage, sagte er.

Was, bitte, könne an einer Frage unreif sein, sagte ich.

Wenn eine Frage von einem unreifen Menschen gestellt

werde, dann sei es eine unreife Frage. Er sei über fünfzig Jahre alt, da sei es so gut wie unmöglich, dass er sich nie verliebt hätte in seinem Leben.

Es gibt Menschen, sagte ich, die das nicht können. Die gibt es. Das weiß ich.

Ich kann es, sagte er.

Dann solle er mir davon erzählen, sagte ich.

Er schmunzelte. Was grotesk aussah. Wie sieht ein halbseitiges Schmunzeln aus. Machen Sie es mir vor! Es sieht gespenstisch aus. Böse. Wir haben mit Menschen, die einen Schlaganfall hatten, nur wenig Mitleid. Da kann einer behaupten, er sei nicht so einer, er habe Mitleid, er schon – ich glaube ihm nicht. Wir müssen uns sehr zusammenreißen, um uns nicht wegzudrehen. Ein einseitiges Schmunzeln sieht niederträchtig aus. Böse.

Wie hieß sie?, fragte ich.

Wie hieß wer?, fragte er zurück.

Die, in die Sie verliebt waren.

Er könne ihren Namen nicht aussprechen, sagte er.

Vor mir könne er, sagte ich. Es sei ja nicht einmal sicher, ob es mich wirklich gibt. Es könne ja immer noch sein, dass ich eine Einbildung bin. Und vor einer Einbildung zu weinen, sei kein Malheur. Ebenso, wie es kein Malheur sei, wenn man gegen sich selbst im Schach verliert.«

An diesem Abend war Frau Perleman-Jacob sehr erschöpft. Sie wollte auch nichts essen. Ich überredete sie, wenigstens ihren Tee zu trinken. Sie musste sich überwinden. Auch rauchen mochte sie nicht. Ob ich bleiben soll, fragte ich. Wenn sie ein

Gästezimmer habe, könne ich über Nacht bleiben. Das wollte sie nicht.

Ich rief bei Alice Winegard an. Sie nahm nicht ab. Als ich auf der Straße war, meinte ich sie zu sehen, wie sie durch das Tor ging. Mit gesenktem Kopf.

Achtzehntes Kapitel

Ich fuhr mit der U-Bahn zur Oper und spazierte am Ring entlang bis zur Hofburg. Es war Ende Mai und warm wie im Sommer, obendrein wehte der Föhnwind, die Bäume am Ring trieben schon helles Grün aus. Ich betrat den Volksgarten und setzte mich beim Theseustempel auf eine der Bänke, die in langen Reihen den Rasen säumten. Viele Menschen waren unterwegs, Buben mit ihren Skateboards, noch am Abend in T-Shirts, Paare, die gemeinsam nach vorne schauten, neben mir saßen Rentner, die lasen Romane und den *Standard*. Ich war unruhig, wählte noch einmal Alice Winegards Nummer. Sie hob wieder nicht ab. Ich rief zu Hause an, niemand meldete sich. Ich rief Carlo an, ihn erwischte ich beim Abendessen. Er hatte den Mund voll.

»Was gibt's?«, fragte er ohne Begrüßung.

»Ich habe vergessen, dich zu fragen, ob du verheiratet bist.«

»War ich. Jetzt zum Glück nicht mehr. Warum fragst du? Jetzt habe ich drei Freundinnen, die wissen voneinander. War's das?«

»Soll ich später anrufen?«

»Nein, nein, mach nur. Was gibt's?«

»Wie heißt die Frau, die dich damals entführt hat? Ich habe ihren Namen vergessen.«

»Ich weiß nicht, was du meinst.«

»Mit der du noch Kontakt hast.«

»Die Gerlinde?«

»Hast du ihr verziehen?«

»Ist etwas, Micha?«

»Was soll sein?«

»Weil du mich jetzt schon zum zweiten Mal anrufst und nach der alten Sache fragst. Bist du an etwas dran?«

»Wie meinst du das?«

»Wenn du etwas über die Zeit damals schreiben möchtest, das ist gut, das ist in Ordnung, aber schreib nicht über mich. Oder wenigstens so, dass ich mich nicht erkenne. Über mich gibt es nichts zu erzählen. Und Entführung würde ich das nicht nennen.«

»Diese Gerlinde«, sagte ich, »die hätte dich umbringen können.«

»Hätte. Hätte! Hat sie aber nicht.«

»Ihr Führungsoffizier, wie er sich nannte, der hat es jedenfalls für möglich gehalten, dass sie es tut. Oder dass es einer ihrer Genossen tut. Sonst hätte er sich ja nicht nach Holland abgesetzt. Wenn er es für möglich gehalten hat, dann war es möglich. Das meine ich. Man gibt nicht einer Person einen Befehl, wenn man glaubt, sie führt ihn nicht aus.«

»Ach, Micha, hör auf! Soll ich mir den Kopf schwer machen nach dreißig Jahren? Wenn du etwas über mich schreiben willst, würde es mich freuen, wenn dir etwas Interessantes einfällt, mir fällt nämlich nichts ein.«

»Denkst du, diese Gerlinde war in einem Konflikt? Damals?«

»In was für einem Konflikt soll sie gewesen sein. Und sag nicht immer *diese* Gerlinde!«

»Ob sie tun soll, was ihr Führungsoffizier ihr befohlen hat, oder ob sie es nicht tun soll. Ob sie denken soll, das ist echt und ernst gemeint und nicht bloß ein Spiel, oder ob sie gedacht hat, das ist ein Spiel, und das ist nur, weil er hören will, wie es klingt, wenn man so einen Befehl ausspricht … wie es sich im Mund anfühlt …«

»Sie hat es nicht getan, Micha! Und wenn sie in einem Konflikt war, dann hat sie sich für das Gute entschieden. Also bravo!«

»Wärst du in einen Konflikt geraten, wenn dein Führungsoffizier zu dir gesagt hätte, du sollst sie liquidieren?«

»Ja, das wär' ich.«

»Du hättest überlegt, soll ich sie umbringen oder soll ich nicht?«

»Ja, das hätte ich. Damals hätte ich mir das überlegt.«

»Das glaube ich dir nicht, Carlo. Du hättest nicht überlegt. Du hättest zu ihm gesagt, du spinnst, du hast einen Vogel, du bist nicht richtig im Kopf.«

»Und woher willst du das wissen?«

»Vielleicht hat sie eine Münze geworfen, die Gerlinde. Die Gerlinde oder einer ihrer Genossen. Vielleicht haben sie über dich eine Münze geworfen. Und zufällig ist nicht Kopf gekommen, sondern Zahl. Hast du dir das schon einmal überlegt?«

»Was redest du für einen Blödsinn! Rufst mich mitten im Abendbrot an …«

»Frag sie! Sag, es ist so viel Zeit vergangen, jetzt kannst du es ruhig zugeben.«

»Und wenn sie sagt, ja, sie hat, ja, sie haben eine Münze geworfen – was dann?«

»Dann frag sie, wie sich das angefühlt hat.«

»Wie soll es sich angefühlt haben, was denkst du?«

»Sag es mir, Carlo.«

»Ich sag' es dir.«

»Ja, sag es mir.«

»Es hat sich angefühlt wie eine große Sache, und du bist auserwählt worden, bei der großen Sache dabei zu sein. Und nun fordert die große Sache etwas von dir. So hat sich das angefühlt.«

»Und sie hat gewusst, warum die große Sache so etwas von ihr fordert?«

»Hör auf, Micha! Es gibt keine große Sache, und es gab nie eine, ich rede nur so daher. Es war ein Spiel. Ich lebe. Und der Führungsoffizier, wenn es den überhaupt gegeben hat, der ist abgehauen, weil er dann auch noch ausprobieren wollte, wie es sich anfühlt, wenn man ins Exil geht. Zuerst Täter, dann Opfer. Was willst du! Hast du je eine große Sache erlebt? Wir haben nie eine große Sache erlebt, du nicht, ich nicht, die Gerlinde nicht und die Genossen auch nicht. Man darf dann doch wenigstens so tun, als ob man eine große Sache erlebt. Es ist mir zu anstrengend, jemandem etwas zu verzeihen. Hast du Indianer gespielt als Kind? Ja. Und warst du einer? Nein. Hast du Cowboys erschossen? Ja. Nein. Du hast gespielt. Es ist mir zu anstrengend, eine Wut auf jemanden zu haben. Und am anstrengendsten wäre es, wenn ich mich rächen wollte. Da lege ich mich lieber mittags aufs Ohr, weißt du. Es ist gut, Micha, lassen wir das.«

»Es ist gut, Carlo, ja.«

Wir legten auf.

Ich rief ein drittes Mal bei Alice Winegard an und bekam wieder nur den Anrufbeantworter mit ihrer Stimme, deutsch und englisch. Nun wählte ich doch Frau Perleman-Jacobs Nummer, sie würde ihr Handy nicht hören, es lag im Flur in einer Ecke auf einer Kommode, sie wollte es nicht um sich haben, und es war ein leises Ding, und sie war schwerhörig.

Ich stieg in ein Taxi und fuhr hinaus nach Hietzing. Als ich vor der Villa stand, war die Sonne untergegangen. Ich klingelte und wartete. Und klingelte wieder. Und ein drittes Mal. Wenn ein viertes Mal, dann wollte ich die Polizei rufen. Da öffnete sie.

»Haben Sie etwas vergessen?«, fragte sie.

»Ich dachte, Sie trinken mit mir ein Glas Wein«, sagte ich. »Zur Abwechslung und neben der Arbeit.«

»Ich sehe nicht, dass Sie eine Flasche mitgebracht haben«, sagte sie.

»Ich habe mir Sorgen gemacht«, sagte ich und betrat an ihr vorbei und ohne aufgefordert worden zu sein, das Haus.

»Das ist schön«, sagte sie. »Sorgen kann jeder brauchen. Irgendwo in der Küche muss Wein sein. Dann trinken wir also ein Glas.«

»Ist Frau Winegard hier?«, fragte ich.

Sie sei hier gewesen, aber wieder gegangen. »Wie jeden Abend.« Sie sagte: »Wollen Sie, dass ich sie anrufe? Soll sie herkommen? Haben Sie etwas mit ihr zu besprechen? In meiner Gegenwart?«

»Nein«, sagte ich.

Es wurde ein schöner Abend. Nicht geschäftlich. Ich kochte etwas. Es war Gemüse im Kühlschrank. Karotten, Zucchini, Sellerie, Paprika. Eier waren auch da. Ich bereitete zwei große Omeletts zu, Butterbrot und Essiggurken, Kapernbeeren fand ich und Zwiebeln in Balsamico. Frau Perleman-Jacob aß kräftig. Wein tranken wir nicht. Bier. Rotwein schmecke ihr nicht mehr. Mir schmeckt er auch nicht. Alice habe ihr einen Witz erzählt, einen Kinderwitz, den wolle sie loswerden. Ob sie dürfe. Das Mäuschen hüpft im Feld. Kommt der Fuchs, fragt: Bist verliebt? Mäuschen sagt: Ja. Fuchs: Hast ein Foto? Mäuschen: Ja. Darf ich's sehen? Mäuschen zeigt dem Fuchs das Foto: Fuchs: Das ist aber eine Fledermaus, das weißt' schon. Mäuschen: Zu mir hat er gesagt, er ist Pilot.

»Sie haben gedacht, der Fuchs frisst das Mäuschen, habe ich recht?«

»Sie haben recht«, sagte ich.

»Ist's einmal gut ausgegangen«, sagte sie.

Wir unterhielten uns über dies und das. Schließlich erzählte Frau Perleman-Jacob in ihrer Geschichte weiter.

»... und dann blieb unser Schiff ein zweites Mal stehen. Kein Geräusch. Keine Motoren. Stille. Keine Bewegung. Und alle haben wieder die Angst bekommen. Wir verkrochen uns in unsere Kabinen, zwei Tage oder drei, wir gingen einander aus dem Weg, ich auch meinen Eltern und sie mir. Wir waren der Angst überdrüssig, wir wollten sie nicht mehr leiden, sie nistete sich ein wie ein langweiliger Nachbar, der nicht alle Tassen im Schrank hat. Ich zeichnete und schrieb. Ich schrieb in mein Tagebuch, das kein Buch war, sondern ein Bündel Papier, und darauf zeichnete ich auch. Manchmal schlich ich in den Speiseraum und holte mir einen Teller Pelmeni und einen Krug Wasser. Oder einen Teller Okroschka, das ist eine kalte Suppe, die war sehr gut, nie habe ich eine bessere gegessen, Gurke, Erdäpfel, Dill, Zwiebeln, Buttermilch. Sicher steht das Rezept im Internet, dann könnten Sie für Ihre Frau eine zubereiten. Jetzt, wo der Sommer bald kommt. Niemand begegnete mir. Zu ein paar Küssen bin ich über den Gang hinüber zu Mama und Papa. Aber ich blieb nicht lange. Es war so eng. Wenn wir die Tischplatte aufklappten, konnten wir zu dritt nicht mehr stehen. Ich wünschte, ich hätte die Blätter mit den Zeichnungen über mein langes Leben hinweg nicht verloren. Sie sind Schriftsteller, Sie haben Bücher geschrieben, welches liegt Ihnen an der Brust und wird dort immer liegen? Oft ist es das erste, haben mir manche Ihrer Kollegen gesagt. Weil es noch alle Hoffnung in sich trägt. Wenn sich die Hoffnung erfüllt hat, wandelt sie sich um in Melancholie, und was ist Melancholie anderes als rückwärtsgewandte Sehnsucht. Ich träume von meinen Blättern, ich träume, ich finde sie und zeichne und schreibe weiter. Im Traum habe ich ein grässlich schlechtes Gewissen, weil ich diese Arbeit nicht vollendet habe. Ich sage zu meinem Gewissen, verurteile mich nicht! Habe ich denn nicht Häuser gebaut und Siedlungen gebaut und eine Stadt gebaut und Wohnstatt für glückliche Menschen geschaffen? Habe ich nicht eine Küche entworfen, die den Frauen das Leben erleichtert, und Klassenräume für Schulen, in denen die Kinder sich wohlfühlen? Zählt das alles nichts? Die Träume einer Hundertjährigen gleichen keinen anderen Träumen. Es sind die Träume einer Toten, man kann aus ihnen nichts mehr lernen. Ich war eine gute Zeichnerin und bin es immer noch. Mit wenigen Strichen konnte ich jeden Menschen kenntlich umreißen, auch wenn ich ihn nur wenige Minuten gesehen habe. Mama hat mich oft gefragt: Wie machst du das, Anjuta? Ich sagte: Was mache ich denn? Dass du den Papa zeichnest, wie er aussieht. Aber, sagte ich, so sieht er doch aus, ich muss ihn ja nur nachmalen, es wäre viel schwerer, ihn so zu zeichnen, wie er nicht aussieht. Ich habe nicht verstanden, warum alle so begeistert waren von meinen Zeichnungen. Herr Petrow und seine Frau habe ich gezeichnet, aber anders, als sie waren, und Monja Sidorowa und ihren freundlichen Mann Danil Danilowitsch Sidorow, ihn mit einer Zigarette im Mund und zwischen den Fingern beider Hände noch ein halbes Dutzend Zigaretten und Qualm aus seinen Ohren. Und Fonja habe ich gezeichnet mit Flügeln und einem Fischschwanz, und den Dirigenten und seine Schwester, wie sie sich aus einer Klarinette herauswinden. Und Mama und Papa. Und mich selbst. Eine gespaltene Zunge habe ich mir ins Maul gezeichnet. Und riesige Augen, die Pupillen aber nur schwarze Punkte. Und dazu habe ich Gedichte geschrieben, die keine Gedichte waren, sondern nur so taten, als wären sie welche. Ich hätte eine Dichterschule gründen sollen, den Anoukismus. Ich habe das alles vergessen, aber im Traum habe ich mich daran erinnert. Meinen Freund oben auf dem Deck 1. Klasse habe ich nicht gezeichnet. Schon drei oder vier Nächte war ich nicht mehr bei ihm gewesen.

Irgendwann klopfte es an meine Tür. Draußen stand Herr Petrow. Ich solle in den Speiseraum kommen. Alle seien da. Alle waren da. Jeder schenkte sich ein Gläschen Wodka ein.

Ich bekam auch eines. Herr Petrow trat hinaus in den Gang, ließ die Tür offen und rief nach den Herren oder Damen, die uns mit Nahrung versorgten, sich aber nicht sehen ließen. Als wären es Heinzelmännchen. Er fluchte und kam sich dabei wacker vor. Er dachte, das würden sich unsere Heinzelmännchen nicht gefallen lassen und würden auftauchen, dann könnten wir sie ausfragen. Sie hörten ihn nicht. Oder hörten ihn doch.

Nun wurde beraten. Jeder sollte seine Meinung sagen und was zu tun sei. Ich auch. Ich zuerst. Weil die Unwichtigste. Ich sagte, ich glaube, das hat nichts zu bedeuten. Der erste Stopp hatte nichts für uns zu bedeuten, der jetzt wird auch nichts zu bedeuten haben. Mit solchen Analysen sei uns wahrhaft gedient, sagte Herr Petrow. Frau Petrow sagte, er solle mich lassen, ich sei ja noch ein Kind, schrecklich genug seien die Zeiten, in denen von Kindern verlangt werde … Weiter kam sie nicht. Ich fand, sie war weiter gekommen als je zuvor. Er fauchte sie an. Fonja schlug vor, einer von uns solle durch ein Bullauge die See beobachten. Das hätten wir schon lange tun sollen, sagte er. Wachen sollten wir aufstellen, Tag und Nacht. Ob wieder ein Kutter anlege. Jan Jegorow, der Dirigent, fragte, warum er denke, dass wieder ein Kutter anlege, woher er wisse, was der Kutter gewollt habe, woher Fonja das alles wisse, er solle uns endlich offenbaren, wer er ist. Er wisse gar nichts, verteidigte sich Fonja. Man möge ihm bitte nichts unterstellen. Er war nicht laut geworden, aber Jan Jegorow wurde laut. Ich weiß nicht, wie es geschah, auf einmal war ein Handgemenge. Ob Jan Jegorow auf Fonja losgegangen war und Herr Petrow sich dazwischen stellen wollte, ich weiß es nicht. Der Dirigent gab Fonja einen Schwinger an die Schläfe, Fonja fiel nieder, ich sah, er tut nur so, als ob er ohnmächtig wäre, er zwinkerte mir zu. Herr Petrow schlug Jan Jegorow die Faust in den Magen, und nun lagen beide nebeneinander auf dem Boden, Jan Jegorow und Fonja, parallel nebeneinander wie gefällte Pflöcke. Sie standen auf und reichten einander die Hand. Und Stille war. Alle setzten sich und schenkten sich einen zweiten Wodka ein. Einen hohen.

Zum ersten Mal seit dem Beginn unserer Fahrt meldete sich Monja Sidorowa zu Wort, die Dichterin und Malerin. Ihr Mann, der liebe Danil Danilowitsch Sidorow, der nun schon seit Tagen ohne eine Zigarette war, legte seine Hand auf ihre, sie aber entzog sie ihm. Sie atmete tief durch und sagte: Ich möchte mich, meine sehr verehrten Damen und Herren, von Ihnen allen verabschieden …

Weiter kam sie nicht. Herr Petrow unterbrach sie, grob, als wäre sie seine Frau: Was wir am wenigsten brauchen, ist Panik mit Pathos, sagte er. Panik und Lyrik.

Da fuhr ihm mein Vater über den Mund: Herr Petrow, sagte er, und er sagte es in einer Schärfe und Lautstärke, wie ich es nicht bei ihm kannte. Herr Petrow, wir sind alle tot. Ganz gleich, ob wir diese Schifffahrt überleben oder nicht, wir sind tot. Nichts an uns wird jemals sein, wie es war, nichts an uns wird je wieder lebendig werden. Wir kommen in ein Land, dessen Sprache wir nicht verstehen, wir treffen auf Menschen, die uns nicht haben wollen, die uns misstrauen, die uns die Schuld geben an allem, was in ihrem Leben nicht gut ist – und Sie, Herr Petrow, Sie maßen sich an, Frau Sidorowa das Wort zu nehmen! Schämen Sie sich!

In diesem Augenblick stürzte Kira Jegorowa, unsere Sängerin, zur Tür herein. Der Kutter sei wieder da. Wir alle eilten in unsere Kabinen und hängten uns an das Bullauge. Ich meinte, es war derselbe Kutter, der meinen Freund aufs Schiff gebracht hatte, auf dem Mast derselbe Wimpel. Ich war drauf und dran, meinen Eltern von dem Herrn auf dem Deck 1. Klasse zu erzählen, wer er sei. Und dass er mir leidtue und dass er mein Freund geworden sei und ich seine Freundin, wir uns beide die einzigen. Obwohl er genau der sei, der Schuld habe an unser aller Elend. Aber ich ließ es. Es war nicht zu erkennen, was auf dem Kutter los war, ich meine, wir sahen niemanden einsteigen und niemanden aussteigen, er stand nur im Wasser, parallel zu unserem Riesen. Da kam die Angst wieder, die stille, zittrige, resignierte, weinerliche Angst. Ich küsste Mama und küsste Papa, und sie küssten mich, und ich ging in meine Kabine und wartete, wie alle warteten.

Ich wartete, bis es dunkel wurde, dann noch eine halbe Stunde, dann schlüpfte ich hinaus, lief den Gang entlang und stieg über die Leiter hinauf in die 1. Klasse. Ich fürchtete, man könnte mich vom Kutter aus sehen. Er war nicht weit von der Leiter. Aber es war dunkel, und ich war flink …

So«, sagte Frau Perleman-Jacob, »jetzt wird es höchste Zeit, dass Sie gehen. Wir sind beide müde. Haben Sie heute schon mit Ihrer Frau telefoniert?«

»Gleich am Morgen nach dem Aufstehen, ja.«

»Geht es ihr gut?«

»Sie wartet, dass ich komme. Wenn ich im Hotel bin, rufe ich sie noch einmal an.«

»Sagen Sie ihr, es dauert nicht mehr lange. Sie soll mir verzeihen, dass ich ihren Mann so sehr in Beschlag nehme. Ich erwarte Sie morgen um die gewohnte Zeit. Ich hoffe, dann sind wir fertig. Gute Nacht.«

Neunzehntes Kapitel

An diesem Abend telefonierte ich lange mit Monika. Sie fragte mich nicht aus. Fragte auch nicht, wann ich nach Hause komme. Ich berichtete ihr. Dass ich glaube, Frau Perleman-Jacob werde bald am Ende angekommen sein.

»Hat sie dir von ihren Eltern erzählt?«, fragte Monika. »Was aus ihnen geworden ist, nachdem sie endlich in Deutschland angekommen waren?«

Dass sie sich das Leben genommen hatten, das hatte sie erzählt. Nachdem sie neun Jahre in Berlin gelebt hatten, hatten sich ihre Eltern gemeinsam das Leben genommen. Und ich hatte auch nicht weitergefragt.

»Ich kann mir denken«, sagte Monika, »sie wünscht sich, dass du fragst.«

Diese Art, sich auszudrücken, ist typisch für meine Frau, und auch wenn ich am Beginn unserer Ehe nicht darauf geachtet hatte, inzwischen tue ich es. »Warum denkst du das?«, fragte ich.

»Weil sie nicht für sich sprechen möchte. Und wenn du fragst, fragst du eigentlich nicht sie, sondern ihre Eltern. Dann hat sie ein Recht, dir von ihnen zu erzählen. Ich glaube, so denkt sie.«

So denkt Monika.

Ich musste gar nicht fragen. Als hätte Frau Perleman-Jacob mein Telefonat mit Monika mitgehört, begann sie am nächsten Tag unsere Sitzung mit der Frage: »Was wollen Sie über meine Eltern wissen?«

Und ebenso geradeheraus antwortete ich: »Über ihren gemeinsamen Selbstmord in Berlin.«

»Dann also das zuerst«, sagte sie. »Da war ich dreiundzwanzig. Sie meinten, ich sei alt genug, um zu ertragen, wenn sie mich bitten, am Abend zu Hause zu bleiben, weil sie mir etwas Wichtiges zu sagen hätten. Ich ging zu dieser Zeit jeden Abend aus. Nicht, um mich zu vergnügen, nicht nur. Hauptsächlich, damit ich nicht mit ihnen zusammen sein muss. Wie mein Vater auf dem Schiff gesagt hatte: Sie waren tot. Meine Mutter wusste lange nicht, dass auch sie tot war. Komm endlich zu Willen, sagte sie. Er hatte es ab dem Augenblick gewusst, als wir auf das Schiff geladen wurden und sich Leonids Eltern das Leben genommen hatten. Lenin habe sie umgebracht, sagte meine Mutter immer wieder, Leonids Eltern habe er umgebracht, und sie habe er auch umgebracht. Wie mein Vater und andere russische Exilanten in Berlin, die uns manchmal besuchten, glaubte auch sie, Stalin werde das Unrecht rächen, das uns und den anderen, das Lenin und Trotzki der ganzen Welt angetan hatten. Ja, so dachten beide bis zum Schluss. Aber es dauerte ihnen zu lange, und irgendwann waren sie an Rache nicht mehr interessiert, nicht einmal mehr an Gerechtigkeit. An diesem Abend machten sie eine Flasche Wein auf und schenkten sich und mir ein und sagten, in der Nacht von morgen auf übermorgen solle ich irgendwo anders schlafen, in dieser Nacht nämlich wollen sie gemeinsam aus dem Leben scheiden, und das solle ich nicht mitansehen, und sie wünschen sich nicht jemanden, der versucht, sie davon abzuhalten, das aber werde ich tun, denn jede Tochter würde das tun, wenn sich ihre Eltern umbringen wollen. So haben sie sich ausgedrückt. So klar. So nüchtern. So kalt. So entschlossen. In der Sowjetunion herrschte eine grauenhafte Hungersnot. Es war ein Weltuntergang. Auch daran, sagte meine Mutter, auch daran sei der Lenin schuld, der Stalin ernte, was der Lenin gesät habe, sagte sie, aber es sei eine faule Ernte, sie mache niemanden satt. Sie hatten keine Hoffnung mehr, dass sie jemals wieder nach Sankt Petersburg zurückkehren würden. Und auch wenn sie Stalin hochhielten und verteidigten, sie konnten nicht verstehen, dass er es zugelassen hatte, dass ihr geliebtes Sankt Petersburg in Leningrad umbenannt wurde. In ein Leningrad wollten sie nicht zurückkehren. Das wäre keine Rückkehr gewesen. Sie gaben mir die Hand, sagten, es war schön, dich als Tochter gehabt zu haben, sagten, ich solle sie auf die einfachste Art, die hier in Berlin möglich sei, unter die Erde bringen. Sie hätten keine besonderen Wünsche für nach ihrem Tod. Dann legten wir uns ins Bett, und am nächsten Morgen stand ich früh auf und verließ die Wohnung, ohne mich noch einmal von ihnen zu verabschieden, so hatten sie es sich gewünscht. Bitte, klopf nicht an unsere Tür, hatte Mama zu mir gesagt. Das war das Letzte, was sie zu mir gesagt hatte. An die letzten Worte meines Vaters erinnere ich mich nicht. Ich schlief in der darauffolgenden Nacht in einem Hotel, dann kehrte ich in die Wohnung zurück und fand sie, nebeneinander im Bett lagen sie. Und ich habe das Nötige veranlasst. Ich war allein.«

Frau Perleman-Jacob ließ eine Pause. Eine Zigarettenpause. Eine Bierpause. Ein Glas trank sie, zwei Zigaretten rauchte sie.

»Ich habe gesehen«, sagte sie, »dass Sie die Augenbrauen hoben, als ich den Alten in seinem Rollstuhl oben auf dem Deck der 1. Klasse meinen Freund nannte. Wo er doch nichts anderes war als mein Feind. Habe ich recht gesehen? Sagen Sie!«

»Sie haben recht gesehen«, sagte ich.

»Ich nenne ihn trotzdem so. Weil ich sonst niemanden hatte. Und er auch niemanden. Wenn ich war wie er und er war wie ich, dann würden wir einander verschonen. Leonid hatte gesagt, Haman, der Feind der Juden, wurde an dem Galgen aufgehängt, den er für die Juden hatte aufrichten lassen. Und mein Vater hatte ihm geantwortet, muss uns Haman nicht leidtun in seiner letzten Stunde, da ist er nicht mehr Haman, da ist er nur noch irgendein Mensch. Leonid schüttelte den Kopf, so sehr und so lang, dass ich fürchtete, er könnte ihm herunterfallen.

Meine Mitreisenden interessierten sich nicht für mich, und ich interessierte mich nicht für sie. Ein bisschen interessierte ich mich für Fonja, das gebe ich gern zu. Den alten Raucher, den Danil Danilowitsch Sidorow, den mochte ich, aber das Mögen reichte nicht weiter als eine halbe Stunde Nachdenken über ihn und seine Frau. Das Schiff hielt zum zweiten Mal an, und zwei Tage oder drei stand es still, und in dieser Zeit war ich nicht mehr hinaufgestiegen zu ihm, ich hatte ihn nicht mehr besucht. Als dann abermals der Kutter anlegte, da tat ich es.«

Sie bat mich, ihr noch ein Glas Bier einzuschenken.

»Dann muss ich das also erzählen«, sagte sie und fragte: »Muss ich?«

»Ja«, sagte ich. Denn das wollte sie hören.

»Es wird das Letzte sein, was ich Ihnen erzähle.«

»Ja«, sagte ich.

»Mein Freund«, begann sie, »mein Freund saß in seinem Rollstuhl an seinem Platz, eingewickelt in seine Decken, auch die Hände waren unter den Decken, die Haube war ihm über die Ohren gezogen worden, er hätte es selber nicht gekonnt. Nur sein Gesicht war zu sehen, und das war ein Gesichtchen, die Augen wie Eulenringe, der Kinnbart wie aus grauem Draht. Er war nicht allein. Vor ihm stand ein Mann. Er war im Schatten, nur seine Hand, wenn er sie vorstreckte, um auf meinen Freund zu deuten, die Hand konnte ich sehen, die war zart und sehr weiß. Es war für mich leicht, mich anzuschleichen, inzwischen wusste ich, wo eine knarrende Diele war, ich kroch hinter den Strandkörben an der Wand entlang nahe heran. Auch wenn er zu mir herübergeschaut hätte, hätte mich der Mann nicht gesehen. Auch mein Freund hätte mich nicht sehen können.

Fragen Sie sich, sagte der Mann, fragen Sie sich, Wladimir Iljitsch, warum ich gekommen bin? Es ist gewiss kein Besuch, sagte er. Ein Besucher bringt etwas mit, ich aber komme mit nichts. Und weiters fragte er, ob er sich inzwischen immer noch wundere, warum er hier sei, auf diesem Schiff. Das habe er sich doch die ganze Zeit gefragt, das könne er doch nicht leugnen. Und er gab selbst die Antwort. Die Antwort, sagte er, die laute: Wladimir Iljitsch, Sie werden nicht mehr gebraucht.

Darum sei er auf dieses Schiff gesetzt worden. Es sei nichts hinzuzufügen zu dem, was er je gesagt oder geschrieben habe. Oder ob er glaube, dass noch etwas ausstehe?

Mein Freund antwortete nicht.

Dass jedes seiner Worte aufbewahrt werde, sagte der Mann, er brauche sich nicht zu sorgen. Kein Wort gehe verloren. Er persönlich werde seine Worte auslegen. Ich werde über Sie sprechen, als ob Sie ein Heiliger wären, Wladimir Iljitsch. Und für viele wird es klingen, als ob Sie ein Gott wären. Ich werde nur der Mittler sein.

Der Mann ging in die Hocke vor dem Rollstuhl, und ich konnte sein Gesicht sehen. Viele dichte Haare hatte er, die tief in die Stirn wuchsen, und einen dichten, freundlichen Schnauzbart hatte er und zerklüftete Haut, und ich sah, dass seine Zähne schwarz waren.

Nun duzte er meinen Freund, und sein Ton war nicht mehr freundlich.

Iljitsch, sagte er. Iljitsch, du hast dich gegen mich gestellt, du hast vor mir gewarnt. Aber ich bin nicht gekommen, um mich zu verteidigen, sondern um dir recht zu geben. Du hattest allen Grund, die Genossen vor mir zu warnen, denn ihr habt Grund, mich zu fürchten.

Er zog aus seiner Jackentasche ein Bündel zusammengefalteter Papiere. Er strich sie glatt, erhob sich, und nun redete er nicht mehr frei, sondern las vor, als wäre er auf einer Parteiversammlung.

Du meinst, du hast genug Menschen um dich, die zu dir stehen, immer und bis zum Letzten, Männer und Frauen, die dir und deinen Gedanken treu sind. Du meinst, es sind viele, und es sind ja auch viele, aber es sind nicht alle, und wer nur viele hinter sich hat, der hat zu wenig. Und wenn es zehntausend sind, was ist mit den Millionen? Du dachtest, du könntest einen neuen Menschen erschaffen, und dachtest, nur wenige Hindernisse müssten beseitigt werden, bis der neue Mensch aus freien Stücken ein neuer Mensch wird. Du dachtest, jeder Mensch will frei sein, und wenn er es nicht will, dann ist er ein verführter, ein gedrückter Mensch. Wenn man ihm erklärt, dass er verführt worden ist und wer ihn drückt, dann wirft er freudig seine Ketten ab und verlässt seinen Kerker, den er bis dahin für sein Zuhause gehalten hat. Der Mensch will Freiheit. So hast du gedacht. Ich werde den Menschen erklären, wie du gedacht hast. Hinterher werden sie glauben, du dachtest wie ich. Auch wenn die Millionen nicht eine Minute ihres Lebens über die Bedeutung des Wortes Freiheit nachdenken, so wissen sie doch, dass Freiheit auch heißen kann, nicht über die Freiheit nachdenken zu müssen. Und diese Freiheit, nur diese wollen sie haben. Du nennst sie dumm, du nennst sie unreif, du nennst sie klein, du nennst sie feige und faul, du nennst sie ängstlich, du hältst nichts von ihnen. Sie sind schwach und ungebildet, arm und bösartig, sie haben keine Manieren und keinen guten Geschmack, und sie sind grausam. Sie sind ordinär und lachen über ordinäre Witze, sie behandeln ihre Frauen schlecht und schlagen ihre Kinder. Du verachtest sie. Nichts und niemanden verachtest du mehr als die Millionen. Die Millionen haben für dich keine Bedeutung, sie sind nichts für dich, weil sie keine Stimme haben. Und wenn sie eine Stimme hätten, sagst du, könnten sie doch nicht sagen, was sie sagen wollen. Und wenn sie gar nichts sagen wollen? Gibt es sie dann nicht? Sie akzeptierten die Hölle und wurden so ein Teil von ihr, ebenso werden sie den Himmel akzeptieren, und wenn du sie nach dem Unterschied fragst, zucken sie nur mit der Schulter. Sie wollen jemanden, der für sie spricht. Du bist es nicht. Du warst es nie. Du wolltest es nicht sein. Die Millionen stinken und sind schmutzig, du willst ihnen nicht die Hand geben. Der Mensch ist schwächer und niedriger, als du ihn hinstellen möchtest. Du hast kein Mitleid mit ihm, weil du ihn zu hoch eingeschätzt hast. Du wolltest den Menschen befehlen, frei zu sein. Der Dumme warst du, der Unreife warst du, der Kleine bist du. Man kann befehlen zu marschieren, man kann befehlen zu schießen, aber man kann nicht befehlen, einen Grund dafür zu denken, warum man das tun soll. Die Millionen wollen genug zu essen haben, und sie wollen befreit sein von der Freiheit. Und sie wollen kein schlechtes Gewissen haben. Mehr wollen sie nicht. Ein bisschen niederträchtig wollen sie sein dürfen, das schon. Wenn du aufgehängt wirst und dein Freund weint, dann heißt das nicht, dass er sich freut, wenn dich ein Dritter losschneidet. Sind sie deshalb weniger wert als deine auserwählten Zehntausend? Gib den Millionen, was sie wollen, bewerte es nicht, lass sein, was sie nicht wollen, und sie werden zufrieden sein und dich auf ihre Art lieben. Überlässt du ihr Leben aber der Freiheit, dann werden sie zu Grunde gehen, und sie werden dir die Schuld an ihrem Elend geben. Du sagst, sie leben wie die Tiere, unfrei und ohne zu wissen, wer sie selbst sind und was sie zustande bringen könnten, wenn sie nur wollten. Sie wollen aber nicht.

Er blickte von seinem Manuskript auf. Gib mir Antwort, Iljitsch!

Mein Freund sagte nichts. Seine Augen starrten den Mann an, der so mit ihm redete. Oder sie starrten, weil sie nur noch starren konnten.

Iljitsch, sprach der Mann weiter, und nun sprach er wieder frei. Du hast dich gegen mich gestellt, du hast vor mir gewarnt. Ich sei grob, hast du gesagt. Ja, das bin ich. Ich bin nämlich einer der Verächtlichen. Ich bin wie sie. Ich rieche schlecht, ich bin nicht redegewandt, ich fluche gern, ich trinke zu viel, ich bin wie die Millionen. Mit einem Unterschied. Ich kann zuschlagen. Und ich tu es aus freien Stücken. Es braucht mir niemand zu befehlen und niemand zu erklären. Ich kann es, weil ich es will, und ich will es, weil die Millionen mir ihre Fäuste leihen. Sie vertrauen mir ihre Fäuste und ihre Freiheit an. Die Freiheit bedeutet ihnen nichts, und vor ihren eigenen Fäusten fürchten sie sich. Ich nehme die Bürde ihrer Freiheit auf mich. Und leihe mir als Gegenleistung ihre Fäuste. Und wenn ich die schrecklichsten Dinge tue, die Millionen werden mich dafür nicht verurteilen und nicht weniger lieben, denn ich tue es in ihrem Namen. Auch sie werden die schrecklichsten Dinge tun, aber sie werden dabei kein schlechtes Gewissen haben, denn sie tun sie in meinem Namen. Wir tauschen unsere Namen. Das ist alles. Das Fußvolk stirbt gut. Und manchmal gern. Ein Mann zieht in die Schlacht, Tausende werden sterben, aber er klebt sich am Morgen noch ein Pflaster auf die kleine Wunde, die er sich beim Rasieren zugefügt hat. Das kannst du nicht begreifen. Du weißt nicht, wie süß es ist, klein zu sein, schwach zu sein, feige zu sein, faul zu sein, dumm zu sein, vertrauensvoll zu sein.

Antworte mir!

Aber mein Freund antwortete wieder nicht.

Du hättest dich nicht auf deine Zehntausend verlassen sollen, Iljitsch. Du warst nicht freundlich zu ihnen, du hast nie gelacht, und du hast ihnen keine Schwäche gestattet. Du hast nicht mit ihnen gesoffen. Du hast sie mit schlechten Gewissen saufen, fressen, huren lassen. Deine Zehntausend sehnen sich nach den Millionen, sie wollen keine Auserwählten mehr sein. Sie forderten deine Beseitigung, ehe ich deine Beseitigung organisierte. Herrschen bedeutet tauschen. Volle Bäuche gegen ein leeres Gewissen. Dann kommt das Reich der Ruhe.

Während der Mann gesprochen und mit seinen kleinen weißen Händen gestikuliert hatte, war ein anderer aus dem Schatten getreten, ein großer Dunkler mit starken Händen. In ihnen hielt er eine Eisensäge, und zwischen den Lippen gloste eine Zigarette. Während der eine auf meinen Freund einsprach, machte sich der andere am Geländer zu schaffen. Die beiden taten, als sähen und hörten sie einander nicht. Das Geländer, das war ein eiserner Handlauf, dick wie mein Unterarm, weiß lackiert, und darunter waagrecht übereinander drei dünne eiserne Stäbe, ebenfalls weiß. Der Dunkle begann beim Handlauf, er sägte ihn durch, das dauerte gar nicht lange, und dann eineinhalb Meter daneben sägte er ihn noch einmal durch. Das Rohr warf er in hohem Bogen ins Wasser. Er arbeitete, während der eine weiter auf meinen Freund einredete. Aber ich hörte nicht mehr zu. Manchmal zog der Dunkle an seiner Zigarette, schließlich warf er sie über Bord und zündete sich eine neue an. Dann sägte er weiter und sägte auch aus den dünnen Stäben je eineinhalb Meter heraus und warf die Stangen ins Wasser. Das tat er, als ob er allein an Deck wäre und als wär's eine Routine. Noch ehe er mit seiner Arbeit fertig war, verabschiedete sich der eine. Er beugte sich nieder, nahm das Gesicht meines Freundes in seine kleinen weißen Hände und küsste ihn auf die Stirn. Dann verschwand er. Der Dunkle lehnte die Säge an die Wand, nahm einen kräftigen Zug aus seiner Zigarette und stellte sich hinter den Rollstuhl, in dem mein Freund saß. Er schob ihn an die Reling und mit einem kräftigen Stoß warf er meinen Freund samt seinem Rollstuhl über Bord, hinunter über die Flanke des Schiffs, dreißig Meter oder mehr, ich hörte ihn nicht auf dem Wasser aufschlagen. Der große dunkle Mann schnippte ihm seine Zigarette nach, zog den Rotz in die Nase hinauf, und dann ging auch er. Ich war allein.«

Zwanzigstes Kapitel

»Nun ist meine Geschichte zu Ende«, sagte Frau Perleman-Jacob. »Den Rest können Sie sich zusammenreimen aus den Stücken, die ich Ihnen bereits erzählt habe. Wenn Ihnen das nicht genügt, fragen Sie Alice, sie gibt Ihnen gern Auskunft. Aber vergessen Sie nicht, wer Sie sind: Sie sind der, dem man glaubt, wenn er lügt, und nicht glaubt, wenn er die Wahrheit sagt.«

Ich fuhr mit dem Zug nach Vorarlberg, und quer über die Felder kehrte ich nach Hause zurück. Es war Sommer, die Wiesen waren abgemäht.

Ich hatte die Aufnahmen noch nicht fertig in den Computer übertragen, da rief mich Alice Winegard an. Frau Professor Anouk Perleman-Jacob war gestorben.

»Sie sagte mir zuletzt, ich soll Sie anrufen, es gebe noch sehr viel zu erzählen.«

Ich sagte: »Nein.«

Besonderen Dank an Konrad Paul Liessmann